午夜前的
南瓜馬車

牧童——著

【導讀】在束縛與逸脫的律法邊緣
——談牧童的文石律師探案

文／既晴

一談到刑案偵查，在犯罪小說中的情節描寫格式，絕大多數是出現在案件發生後，隨著警方介入調查——以警察團隊分工的寫實型態，或求教名偵探的浪漫型態——無論案情如何一再翻轉，真相終究會逐漸水落石出，將兇手繩之以法。

當故事發展至此，迎來大團圓的結局，兇手即交由檢警、法務系統處置，接受法律制裁。由於罪證確鑿，兇手也俯首坦承了，驚心動魄的案情始末已經結束，而後面的審判、量刑、入獄等過程，是國家執行犯罪懲戒的法律程序，涉及大量的判例、法條等專業知識，讀者大略可以想像，故事裡便無須多加描寫了。

然而，檢警調查組織，是由人所組成、由人來執行的，並非完美無缺，證據的採集可能有疏忽，線索的整理可能有盲點。當調查發生失誤，這包括刻意的陷人於罪，或是消極的不作為，無辜者被送進審判系統，那麼，在法庭上的起訴、審理流程中，重新檢視案情始末的各項人證、物證，決定被告是否有罪，很可能就成為洗脫被告罪嫌的最後一道防線了。而，一邊在法庭上攻防、一邊查明真相，正是法律犯罪小說（legal crime）的主題。

法律犯罪小說，在歐美、日本長年發展之下，已然成為一支成熟、多元的流派，除了小說以外，也擴及了影視、遊戲等其他文創領域。相對的，台灣的犯罪文學，發展的主流從一九八〇年代社會派開始，逐漸轉向二〇〇〇年代解謎派，再到近年的冷硬派萌芽，並沒有以法律犯罪為創作主力的作家，這一直要到本書的作家牧童現身之後，才終於有所改變。

牧童的短篇處女作〈跛貓〉，在一九九四年五月刊登於《推理》雜誌一一五期，故事是描述一名農夫為妻子籌措醫療費向地下錢莊借貸，但債上加債，使他無力支付醫療費、被院方要求轉院，導致妻子逝世，他在氣憤之餘，遂揚言殺死債主，其後，債主的確被殺，他也在現場被人目擊，手握兇刀，被視為唯一嫌犯。農夫的女兒走訪各大律師事務所，但因罪證確鑿，沒有律師願意承接此案，最後，巧遇在律師事務所擔任助理的好友沈鈴芝，經她介紹，所內一名行事風格特立獨行的律師文石接受了這項委任。

一九九八年二月，牧童在《推理》雜誌一六〇期發表完系列第四短篇〈馴鹿的心〉後，一度停筆十多年，到了二〇一三年，才又以長篇《珊瑚女王》回歸，近年來，又發表長篇《天秤下的羔羊》（二〇一八）、短篇集《山怪魔鴞》（二〇一九），以及《午夜前的南瓜馬車》至今。

律師文石，閒暇時耽溺於各種奇異、與法律無關的學問，面對委託人、甚至上了法庭，總是顯露出一種不太確定、沒有把握的態度，甚至會大辣辣地明白講出來，徒使委託人更加憂心，也讓眾人為他能否度過難關捏了冷汗。另一方面，在調查案件的過程中，他卻又心細如絲，決不放過案件中的任何一個可能性，不惜深陷險境，也要追查到底。

助理沈鈴芝，系列的第一人稱敘述者，個性活潑、熱心助人、充滿正義感，經常為朋友打抱不平，又因外貌出眾，受到轄區分局刑警邱品智的愛慕，雖然「郎有情、妹無意」，她仍然能善用這項「優勢」，旁敲側擊，取得警方調查的內部消息，成為文石辯護案件的助力。縱使她時常挖苦文石，覺得他總是狀況外、讓人不安心，但依然對他的破案能力佩服有加。

法律犯罪小說，必須依據法律規範、判例，設法找出配合當下情境的特殊組合，才能讓推進情節、製造轉折的過程充滿說服力，這一連串的操作，也往往會引述到艱澀、難懂的條文。這代表作家必須擁有豐富的法學知識、實務經驗，並同時兼備流暢、易讀的文采。

在〈跛貓〉發表時，評論家黃鈞浩曾給予「台灣法庭推理第一人」的雅稱，而「法庭推理」一詞，乃是譯自日文的「法廷ミステリー」，在這個子類型中的作品，是以法庭審理的過程為故事背景，但實務上是無法把所有的情節侷限在法庭中的，相對地，開庭前的調查、法律工作者的日常生活，往往反而佔有更多的比重，因此，若以今日的觀點來看，改稱「法律犯罪小說」，我認為更為適宜。於是，開庭前如何調查、律師做了哪些事情，就成了作家各自擅場之處。

牧童深諳箇中訣竅。首先，複雜的法律條文、你來我往的法庭攻防，在牧童的作品中，雖為故事核心，但篇幅比例並不高。由於文石接辦的案件，初見之下，多屬當事人「顯然罪有應得」、難以逆轉的「鹹魚案」，因此，真正的重點在於，上了法庭，文石必須設法以各種理由，拖延審判的進度，以爭取重啟調查的時間；出了法庭，文石又必須繞過官方報告，另闢蹊徑，尋找與警方辦案方向截然不同的微小可能性。

這段摸索的過程，是迂迴、隱晦的，也難怪沈鈴芝常以為文石在法庭上無力辯駁，被檢察官攻擊得啞口無言，甚至夾著尾巴逃走，實則如同《孫子》所云：「兵者，詭道也。故能而示之不能，用而示之不用，近而示之遠，遠而示之近。」見到文石在絕境中暗渡陳倉、滴水穿石，終在結局的高潮處逆轉判決，乃閱讀此系列最為快意之事。

其次，故事中所描述的，不僅止於辦案過程。牧童也費心書寫了法律工作者的現實生活。面對繁忙的法律工作，他們如何擺脫沉重的壓力，在工作之餘時變回尋常的市井小民，跟風排隊買麵包機、到夜店跳一整晚的舞什麼的，充飽電以後，再回到職場上繼續戰鬥。在這對搭檔ON的緊繃、OFF的寫意之間，讀者也跟著體驗了法律工作者的人生。

最後，是關於法律的思辨。當一個人捲入案件，法律的裁決，將會決定這個人的人生，而，這個人周圍的關係人，也會跟著受到影響。但，法官是否公正？程序是否周全？法條是否完善？無論怎樣改革，似乎仍有改進空間。然而，人生是無法重來的，判決是無法修改的。那麼，我們應該順應法律，還是對抗法律？

牧童自《天秤下的羔羊》起，透過車禍過失致死案的委託，展開了多面向的探討，到了《午夜前的南瓜馬車》，論及「契約伴遊」的社會實況，對於法律與社會的交互影響，則有更深刻的反省。

顯而易見的，文石律師探案談的，不只是法庭上的逆轉，經過了多年的淬煉，對於台灣的法律、台灣的社會的關懷，系列裡也有了愈來愈豐富的昇華。近日，當我聽到《天秤下的羔羊》已經賣出ＩＰ影視改編版權時，我深信文石律師探案，未來將代表台灣的法律犯罪文學，在影視領域開展出一番嶄新的視野。

作者簡介／既晴

犯罪、恐怖小說家。曾以《請把門鎖好》獲第四屆「皇冠大眾小說獎」首獎，有《別進地下道》、《病態》、《感應》等作。二〇二〇年發表《城境之雨》，擔任〈沉默之槍〉影視改編製作人，現為台灣犯罪作家聯會執行主席。

目次

開卷話

一道強光突然渲進車內，透過照後鏡反射，我不禁舉掌擋在眼前。

那遠光燈的光束愈來愈強，表示後車愈來愈接近，而且速度極快。

「幹嘛呀……」我話還沒說完，他猛踩油門，引擎一陣低吼，車身立即往前暴衝。

僵硬地伸臂抵住前方置物箱，在我回過神來之前，他急轉方向盤，車子旋即轉彎企圖閃過追撞。但後車緊追不捨，砰的悶響，直接撞上「小白」的後廂，震得我們往前噴，若非繫著安全帶，非衝破擋風玻璃不可。

「報警！」他繃著臉再加速，暫時拉開雙方的距離。

我伸手在包包裡慌亂地撈手機：「到底是誰呀……」

「我們可能失算了……」

「啊！」又一次砰的悶響，背上一陣撞擊，手機瞬間噴出手中飛撞擋風玻璃，我不由得尖叫。

把油門踩到底，小白像支箭般衝破黑夜裡的雨幕，迅速拉遠距離。

我回頭，發現後車是輛車身較高的灰色休旅車，鬼魅般緊跟不捨。

「可惡，到底想幹嘛！」

「也許是……怕我們知道真相。」

「真相？難道——啊小心！」

不知從哪裡竄出另輛黑色廂型車突然以極快速度逼近，而且沒有亮車燈，在左後方窗外現蹤時，直覺告訴我已沒有閃躲空間了，下一秒就爆出哐噹巨響，我們暱稱小白的車身劇烈衝擊，震得我五臟六腑顫晃不已，額頭冷汗爆噴……

他也不甘示弱，下一秒放開油門讓速度稍減，方向盤猛地左打，也回撞黑色廂型車！砰的巨響使廂型車旋即發出可怕的煞車聲，迅速退讓閃開。

「對！你開車就該這樣開！讓他們知道瞧不起小白的後果是什麼！」我居然氣得一本正經胡說八道。

殊不料振奮不到幾秒，後面那輛高大的休旅車第三度撞擊：嗙啷！

我嚇得放聲尖叫。

他卻突然踏下煞車板。狠狠地、緊緊地踩死。

後車駕駛顯然猝不及防，再撞我們車尾，車頭引擎蓋立刻擠彎翹開冒白烟。

小白被休旅車的撞擊力往前滑行了一陣，輪胎發出刺耳的軋軋聲和焦臭味。

他再猛打方向盤，小白被推向旁邊，休旅車依然往前衝，直接撞向路邊護欄。

一陣撞擊破碎聲傳來，我全身雞皮疙瘩嚇到豎起。

在溼滑路面打轉兩圈，我以為快翻車之際，小白乍然止住衝擊力。

他瞥我一眼：「妳還好吧？」

「都挺好。就有點暈。」

他重新發動引擎，把小白從路肩開回車道。我瞥見休旅車像隻黑色犀牛撞倒在護欄邊奄奄一息，只剩濃濃白煙從車頭冒出。

轟！

撈起摔在腳踝旁的手機，抖著手指才點出110，正要按下通話鍵——

眼前景物剎那間天旋地轉，手機飛噴出去、長髮飛撲空中……

轟！轟！

擋風玻璃化為密麻蛛網、車窗玻璃碎成星子飛散車內各處……

轟！轟！轟！

在整個世界終於停頓下來後，耳裡剩下塞滿嗡嗡的尖銳聲……

全身襲來劇烈痠痛，頸部被安全帶勒得死緊。

轉頭發現他被擠壓在車頂，臉部被頭上淌下的血絲覆蓋，毫無動靜。

扭曲的車窗上方出現黑色廂型車，車門打開下來一雙靴子，迅速朝我們走過來……

在失去知覺前，我用盡力氣：「快醒來！文石！」

第一話

「快醒來！文石！」進來沒見他人影，我上前用力拍了辦公桌面叫道。

瞇著惺忪睡眼，文石從桌下頂著亂髮探出頭來：「幹嘛啦，那麼大聲……」

「開庭時間快到了，你還睡！」

他瞄了腕上的錶一眼，嚇到跳起來，抓起卷宗掃進公事包，像陣風般衝出事務所。我目睹他消失在關上的電梯門後，旁邊電梯的門這時剛好打開。

一個消瘦身形步出電梯，臉上依然寫著憂鬱。我不禁在心裡長吁了一聲。

接待她到沙發區入坐，我端了杯紅茶過來。

「沈小姐，我過來是想問一下，文律師的再議聲請狀是否已經幫我寫好了？」

不是一個小時前在電話裡才說過嗎，又跑來問相同的事是怎樣。不過體諒她的心情，我拉出微笑說：「文律師還在幫妳找證據，需要一些時間。」

「呃，這樣不會來不及嗎？」

「放心，再議聲請的法定期間是七天，我們還有三天時間。」

「那萬一找不到證據怎麼辦？余律師說沒證據，想翻案很困難，所以他不接我的案子……」

她伸長了脖子往文石的辦公室張望。

「文律師去出庭了。他既然接了，就會幫妳想辦法的。」

「是嗎。真不好意思……」

「沒關係，有什麼想告訴文律師的，我可以幫妳轉達。」

也許是壓力太大想找人傾洩，她把女兒的事又對我說了一遍。

再講一百遍，臉上依然會這般哀愁吧，畢竟遇到這種事誰都會積鬱難展。望著她髮際的白雪，我這樣想。

她女兒叫陳佳凝。三個月前被人發現陳屍在一棟大樓後方的水泥地上。

檢警人員從現場跡證研判，大樓樓頂的女兒牆上，是陳佳凝生前最後站著的地方。法醫的驗屍報告表示，死者的致死主因是顱骨破裂，其他傷勢包括全身多處骨折與血氣胸。女兒牆角放著陳佳凝的包包，裡頭留有一張從小記事本撕下來的橫格紙，上頭的字跡歪斜；檢警因而傾向於她是跳樓自殺。

「不可能！」

輪值檢察官在殯儀館解剖室開臨時庭、詢問家屬對於死因的意見時，張玉娟斬釘截鐵如此說。

檢察官詢問她為何如此肯定。她怔在當下，整個人處於猝失愛女的震驚中，根本還沒回復正常的思考能力，只是本能如此反應。

「妳女兒有精神方面的狀況嗎？比如說憂鬱症？」

她立刻搖頭。

檢察官又問：「有發現她最近有特別焦慮或煩惱的情形嗎？」

「……沒有。」

檢察官可能體諒她，告訴她若有其他意見，等冷靜下來可以寫成書狀送進地檢署，承辦檢察官看到了會擇期開庭，讓她補充。

回家痛哭三天之後，她告訴自己要振作起來。

因為佳凝絕不可能自殺。自殺總要有理由吧。

出事的前一晚，母女倆還相約去義式餐廳吃飯，開心聊天；其間朋友來電，佳凝還與朋友在電話中談笑。

那笑聲如此直接爽朗，任誰聽了都不相信第二天就會決志走上絕路。

從小佳凝就是個開朗的孩子，對什麼事都很認真積極，這樣的個性會想不開走上絕路，她絕對不信。所以，到底發生了什麼事……

她到租屋處翻尋女兒的房間、包包和衣櫃，又跑到她上班的地方向同事打探。

愈查愈覺得蹊蹺，她把所有的疑點及蒐集到的資料，寫了書狀遞進地檢署。

檢察官開了庭，原先還體諒喪女之痛，耐著性子跟她解釋法律規定與程序；不料一個小時的庭訊結束前，她卻和檢察官吵了起來。

「我聽懂了您的意思。反正說來說去，您就是認為我女兒是自殺的。」

檢察官不發一語看了她半晌，冷問：「那妳告訴我，妳懷疑是誰殺了陳佳凝？」

「我……我怎麼知道？我若知道了不會來這裡找你，我會直接去殺了那個傢伙。」

「連嫌疑犯都沒有，告什麼告？」失去耐心的檢察官把手中的卷宗重重甩在桌上：「妳如果不懂法律，去找個律師問嘛，搞懂了程序再具狀進來。」

經朋友介紹，她委請一位余律師幫她寫告訴狀，控告丁博瀚涉嫌殺人。理由是，手機通話紀錄顯示，陳佳凝生前最後一通電話是丁博瀚打給她的。

檢察官將案件發交轄區的警方調查。警方通知丁博瀚前來說明。

丁博瀚現身時顯得滿臉疑惑，看起來完全不知自己被捲入什麼刑案。

刑警告知他被控殺人，問他：「陳佳凝你認識吧？」

「誰？沒聽過。」

刑警拿陳佳凝的照片給他看，他才訥訥地說：「呃……認識。」

「為什麼猶豫？認識就說認識啊。」問案的刑警對於額外被檢方交辦的案件也很不耐煩。丁博瀚聳聳肩：「認識歸認識，不熟。」

刑警拿出一張從陳佳凝手機列印出來的簡訊對話，放在他面前：「案發當天約她，還說不熟？」

「就約出來吃飯而已，她沒出現，怎麼會熟。」

「不熟還約出來吃飯？」刑警提高了音調。

他面不改色回答：「就是想要變熟才約吃飯啊。」

刑警別具興味地瞥著他：「你跟她怎麼認識的？」

「網路。」

「網友？」

刑警挑挑眉，似乎見怪不怪，改變調查方向要他交代案發當天的行蹤。

他說約對方晚上六點在奇愛西餐廳吃晚餐，等了半天不見人，傳訊息給她沒讀、電話也沒接，一直等到八點覺得自己確實被放鴿子，只好吞下最後一口甜點就結帳回家。路上想起每天打的線上遊戲點數用完了，還進超商買遊戲卡充值。在買點數時，接到星巴克傳來的簡訊，會員有同品項買一送一的優惠，所以他又跑去星巴克買咖啡；因為人多，排了快一小時的隊才買到。

法醫鑑定報告記載，肝溫顯示陳佳凝的死亡時間在晚上七點至九點之間。

筆錄做完丁博瀚離開，刑警把張玉娟找來，問她的意見。

她說丁博瀚說謊。因為女兒的手機紀錄裡，沒有他說的未接來電與詢問為何未赴約的簡訊。

刑警告訴她，會去查證他的不在場證明。

幾個星期後，她忽然接到書記官寄來的不起訴處分書。

刑警調取了餐廳門前、超商、和咖啡店的監視錄影檔，丁博瀚所說的時間裡，確實都有見到他的身影，檢察官憑此認為他的不在場證明確立。而且單憑案發當天約會的紀錄，也無法證明殺人動機；在罪疑唯輕原則下，予以不起訴。

身為母親的她覺得檢察官連庭都沒開就不起訴結案，連丁博瀚長得是忠是奸都不知道，實在太草率，所以她要求余律師提出再議。

余律師問她，除了質疑女兒手機裡沒有丁博瀚所說來電紀錄外，有無其他積極證據可以提出？她想了一下說：「丁博瀚在買完咖啡後，把我女兒推下樓，甚至買完遊戲點數後，先下手行凶再去買咖啡，這都是有可能的對吧？」

「那妳覺得他行凶的動機是什麼？」

「想追求被我女兒拒絕、心理變態的殺人狂、兩人在樓頂因為什麼事發生爭吵一氣之下失手推了她一把，什麼可能都有！」

「所以妳也不確定？」

「我怎麼確定？這不是警方或檢察官應該去查的嗎？」她察覺余律師的神情有異，放低了自己的音調：「我說的這些，不足以提出再議嗎？」

「這些都只是懷疑，不是積極證據。再議是可以提出，但能不能說服高檢署的檢察官撤銷不起訴處分發回重查，就很難說了。」

也就是沒把握能翻案了……那佳凝就這樣枉死了？

她不甘心，一夜失眠後，決定換律師。

我靜靜地聽她說到這裡，才插嘴問：「那，是誰介紹妳來找我們的？」

她從包包裡掏出一本書：「二十幾年前無人聞問的舊案都能找出真相，我還不該來找文律師嗎？」

那書是我寫的。是記錄一樁單純車禍事件，文石卻用各種詭異方法循線找出真相，連帶挖出一樁陳年自殺案不為人知的事實經過。

望著她時而沮喪、時而悲憤的喋喋不休，我有些擔心起來。走不出喪女的哀慟心情，會不會為文石帶來什麼麻煩。因為我寫的那本書。

好不容易送走張玉娟，我長吁了口氣，回到座位上開始打字。

白琳律師從她的辦公室走過來：「昨天那個改定監護權的案子？」

我轉身從櫃子上取來卷宗交給她。她隨口問：「剛剛那個太太是什麼案子，我看她跟妳講了老半天？」

我把陳佳凝案扼要講了一遍。白琳聽完偏著頭，聳聳肩：「連遺書和站在女兒牆上的鞋印都有了，這還不是自殺？」

「說的也是……但天下父母心，誰都無法接受自己的女兒忽然走上絕路吧。」

「是說，文石還是決定接這個案子？」

咦，對喔……萬一翻案不成，豈不是雙重打擊？想到張玉娟期待的表情，心情不免沉重起來。

午餐時間文石才匆匆趕回來。

他坐下才打開便當盒，我就跟他報告張玉娟來詢問進度的事。

他低著頭猛啃豬排沒回應。我又把和白琳討論的想法說出來。

我都講完了，還是沒回應。我和白琳不約而同地朝他望去……

筷子插在飯盒裡不動、嘴也沒在咀嚼、額頭都快垂到桌上了。

白琳嚇了一大跳，以為文石猝死了：「……小石？」

我揮揮手安撫她，靠近他耳邊：「過橋囉！文旦！過橋囉！」

文石的石是破音字也可唸作旦音，我老愛叫他文旦。

他抖了兩下，從夢中驚醒，尷尬地笑了笑，繼續啃豬排。

「這樣你都能睡？」白琳驚異地問。

「不、不是，我是想試試這豬排是否含有萊特多巴胺。」

「結果呢？」

「當然沒有，不然我怎麼睡得著，是吧。」

我插嘴：「萊特多巴胺是什麼？」

「餵豬吃的興奮劑。也叫瘦肉精。」白琳挑挑左眉，忍住笑意道。

「那我剛剛說的，你到底有沒有在聽呀？」

「聽到啦。我昨晚就是在幫她調查，搞到天快亮才睡，才想靠吃豬排提神嘛。」

「查到什麼？」

「什麼都沒查到。」

「你都查了些什麼？」

「整夜都在上網。」他仰頭把杯中紅茶喝乾。「從陳佳凝的手機，她的通話對象、上網紀錄、通訊軟體的對話紀錄，逐筆去查她的日常。」

「她的日常是怎樣？」

「她在一家上市電子公司擔任櫃檯客服人員。工作範圍包括接電話、接待來賓及一些行政庶務。每天早上七點出門、八點打卡，中午休息一個半小時，下午工作到五點半下班，因為屬於行政部門，一年幾乎加不到幾次班，真是個超普通的ＯＬ。人際方面，她沒有男朋友，偶爾在群組裡跟過去的同學交談，只有兩個以前在校時就談得來的閨蜜比較能聊生活中的大小事。」

「那也許能從閨蜜那裡打聽到什麼？」

「我也是這樣想，聯絡後，她們也覺得陳佳凝沒有顯露出任何想不開的跡象，但對於遺書和跳樓的結果也都無法理解。」

「那怎麼辦，要以什麼理由聲請再議？」

「下班後找那兩個閨蜜再聊聊。另外我想去一趟陳佳凝的住處，看看有什麼是張玉娟沒注意到的。」

望著劍眉下深黝晶熒的雙瞳，我有點心虛：「會不會陳佳凝真的是自殺？」

「那我們就把原因找出來。張玉娟要的是真相，不一定是誰該為她女兒的死負責吧。」

電梯門一滑開，擠在裡面的上班族像洩洪般湧進大廳，大多是身著白襯衫與紅窄裙的女生。想必陳佳凝生前在這裡工作時，也穿同款式制服吧。

有個女子脫離人群往我這邊走來。

「妳是沈小姐？」對方先開口。「我是喻怡慧，中午我們有通過電話？」

我趕緊遞上名片：「我就是沈鈴芝，文律師的助理。」

簡短寒暄後，她帶我步出大樓，往旁邊商店街走去，進入一間小咖啡廳。

點完咖啡，服務生才轉身，她就用略顯激動的語調說：「文律師打電話來我才知道原來佳凝出事了，嚇死我了。」

「妳們不是同事嗎？」

「我們公司很大。佳凝在A棟的客服部，我在F棟的行銷部，連午餐都不會遇到，更別說上班的時候了。」

「但文律師說妳們是閨蜜？」

「平常都在群組或用視訊聊天，約出來逛街吃飯只有在假日啊。我還在奇怪最近她連簡訊都沒讀是怎麼回事，哪知居然出這麼大的事。」

想想自己好像也是如此，記得上次跟好友約出來見面約莫在半年前了；那麼她和陳佳凝三個月沒見，甚至不知道她已身故，彷彿就變得很正常了。

唉，現代人都被數位化了，連友誼也丟進網路裡去培養了。

她講述著自己和陳佳凝平日相處的情形，講著講著，也許是某段回憶觸動心緒，眼眶忽然紅了。我不希望她因為傷感講漏了重要線索，適時打斷：「看來妳和佳凝的感情真的很好啊，不過，文律師今天派我來主要是想拜託妳回想一下，有沒有發現佳凝有什麼和平常不一樣的地方？」

「沒有啊，就覺得怎麼連簡訊也不讀不回了，有點奇怪。」她轉換了心情，啜了口服務生端上來的拿鐵。

我改變話題：「我知道的都在電話裡跟文律師說了。」「妳都不知道，凝媽哭得可慘了。她一直認為佳凝不可能想不開，老認為有人害死她女兒。」

「文律師說好像只是懷疑，所以告不成那個男的？」

「是啊，可是凝媽無法接受，認為檢察官敷衍了事。」

「是喔。」她低頭喝咖啡，似乎不想再繼續這個話題。

我問：「妳最近真的都沒見過佳凝嗎？」

「沒有耶。我找她有時會去她的小套房，但那已是好久之前的事了。」

得換個方向。我也吸了口西西里咖啡：「妳們的工作好像很忙？」

「齁，上市的電子公司，妳說忙不忙？」她故作昏倒狀：「賣命。」

「可是聽說福利獎金都不錯啊，薪水也比其他產業高不是嗎？」

「那是工程師。我和佳凝都屬於行政部門的員工，只能等年終。」

「還要公司有賺錢，對吧？」

「是啊，年終多少要看景氣的。像去年賺得少，年終才發六個月。嘔死。」

六個月？小姐姐我加班沒少過，有兩個月就偷笑了，事務所攏嘛只有一個月……我注意到她的包包是名牌精品，不過是十年前的舊款，估計是二手的。

「矮唷，那還好我們事務所去年發得比較多——咦，好像有簡訊……」我拿起放在旁邊椅子上的包包，從裡頭取出手機刻意滑了兩下。「只是廣告……」

「咦，妳這個包包……」她的眼睛一亮。我打蛇隨棍上：「呵呵，還好啦。」

「什麼還好，這明明是今年最新款的好嗎……喔啊，妳家文律師給妳的年終獎金還真不少呵。」

「噓！別說出來。」

年終獎金是老闆林律師給的。文旦跟我一樣是領薪水的。這包包是用存款買來犒賞自己的。這些我也沒說出來。

「可妳這個包超漂亮啊……」她發亮的眼睛，證明我的時尚品味。

「紫色的很漂亮對不對？這是C牌今年推出的馬卡龍紫及腰包！」

「哇……超想要的。」

「我家裡還有丁香紫、薰衣草紫，哪，妳看是這種款的斜肩包。」我把手機裡官網新品照片移到她面前。「啊，我記得佳凝好像也有個蠻漂亮的包啊，好像是G牌今年的新款吧。」

「對呀，上次出來有看她帶。我們都喜歡G牌的款，不過今天以後我應該會變C牌粉絲了。」

「可是妳剛才說，行政部門的員工，平常薪水很少，都等年終獎金？」

「是啊。」

「聽說佳凝很孝順，三節獎金和年終獎金都拿回家給凝媽？」

她視線從手機移向我，怔住。我趕緊補充：「是凝媽說的。」

興許終於察覺有些不對勁，她回想了一下：「咦，我上次有問她……她跟我說……說什麼來著？」

第二話

「她跟喻怡慧說，買包的錢是兼差打工賺的。」

「她有在兼差打工？」停下在鍵盤上跳躍的手指，文石靠向椅背問道。

「喻怡慧問她是什麼工作，她沒正面回答，只說那工作不適合喻怡慧。」

「連閨蜜都不讓知道的工作……這點好像張玉娟也不知道。妳覺得會是什麼工作？」

「酒店坐檯？外送快遞員？採文旦的臨時工？」

「採文旦？中秋節到了嗎？」

「為什麼你問喻怡慧她不說、我去問她才說呢？」

「妳不知道有些話要跟同性講，才會放心的嗎？」

「你怎麼不說是你助理沈鈴芝我聰明機伶呢？」

「也是。也是。」

有些話要跟同性講，才會放心……

次日下午，我去找陳佳凝的另一好友卓靖涵時，才體會文石這話的真諦。

據張玉娟表示，卓靖涵與陳佳凝從國中時起就是知心好友，又讀同一所大學，出了社會也一直有聯繫，如果關於陳佳凝的事有她不知道的，問卓靖涵就一定知道。只是在告別式之後，她一直聯絡不上卓靖涵。

但前天文石打電話給卓靖涵時，她卻有接電話？

坐在捷運上，我翻著卷宗。

陳佳凝0936字頭的手機號碼。卓靖涵0958字頭手機號碼與公司地址。跳樓地點的現場照片。法醫開立的相驗證明書。檢察官的不起訴處分書。張玉娟質疑女兒可能是被人所害的重點。文石熬夜調查陳佳凝手機資訊寫出來的一些重點摘要。

我把昨天跟喻怡慧對談得到的重點，加寫在文石的摘要後頭。

寫完，翻回去看現場的照片。陳佳凝的遺體上覆著白色的布，躺在水泥地上，黃色塑膠警戒帶外許多圍觀議論的民眾。白布有點短，露在布外的是蒼白雙腳、散落身旁兩隻紅色司克雀健走鞋，和頭部位置流淌出來觸目驚心的血條……

冰冷的遺體。冰冷的地面。

妳到底發生什麼事，要如此想不開啊……

另一張照片是十層大樓樓頂的女兒牆。上面有個鞋頭朝外的清晰鞋印。

還有一張是在女兒牆旁發現、用隨身包包壓住的遺書。

「生活真的太苦悶。先走了。媽，對不起。」

字跡潦草，用口紅在紙面寫的寥寥數語，看起來走得很臨時起意。

照片都是警方讓張玉娟翻拍的。張玉娟憂苦悲傷的雙眼浮現眼前。想必是強忍悲慟，以一定要確認女兒自殺原因的心情，儘量去蒐集這些資料的吧。

很難想像如果是我有一天突然不在這世上了，媽媽會傷心成什麼樣子。離世的人永遠失去知覺，無法知悉親人的痛苦。因為牽掛與不捨的永遠是留在世上的人，尤其是猝失親人，那種錯愕與不甘，會轉換成無法釋懷的忿恨吧。

所以，非得找出妳發生什麼事，才能幫妳跟媽媽好好說再見啊。

看著陳佳凝的照片，我在心底如此喃喃自語。

捷運抵達港墘站。我腳步輕快地搭上電扶梯出站，找到約定的咖啡廳。這個時候店內的客人不多，只有靠角落的一桌獨坐著一個女孩。

我上前打招呼。發現卓靖涵是個很漂亮的女孩。

我們簡單的寒暄和交換名片。名片上的頭銜是X大附屬醫院護理師。

「因為今天是值夜班，所以才能跟妳約下午的時間。」

「真是不好意思，打擾妳休息時間。」

「別這麼說，我也很想知道佳凝到底是發生什麼事。」

服務生送上餐點前，我們隨意聊著工作上的事。她說護理工作非常耗體力，在大醫院尤其累，特別是日班夜班互換時，調整生理時鐘苦不堪言，不像我們朝九晚五的上班族，作息固定。

我說法律事務所的助理工作也有不足為外人道的辛苦，必須處理律師交辦的各種事務、應付當事人各類狀況，還要協助律師額外做一些基本的調查工作；白天忙到彷彿千手觀音，晚上回家往往累到只剩癱在沙發裡腦袋一片空白。

在訴苦時，她目不轉睛地注視著我，不時微微點頭，表情充滿同理與認同。

我們盯著服務生端來咖啡和蛋糕，在服務生說完請慢用轉身後，視線不經意對上，相視一笑。她說：「其實服務生的工作也有辛苦的地方。」

這讓我對她頗有好感；覺得她應該是個體貼的女孩。

我把對話轉到主題，請她回想事發前，陳佳凝是否有什麼異狀。

她拿出手機，點選到記事簿看了一會兒：「事發前一晚我們還有講電話，本來約她第二天下班後去看表演，但她說第二天晚上有事，改約第三天再一起去。想不到……」她的聲音低了下去，似乎感傷起來。

我連忙問：「看什麼表演？哪個偶像的演唱會嗎？」

「脫口秀。」

脫口秀？是電視上的綜藝節目都能看到的那種嗎……見我怔了一下，她隨即解釋說：「在一些小型的表演場，有專門說笑話逗觀眾開心的表演。」

「像舞台劇那樣的嗎？」

「場地比舞台劇還小，也收門票的。有時一人、有時兩人或三人表演，講些搞笑的話。」

「那不就是古早時候那種相聲？」

「相聲是什麼？」

解釋相聲是什麼恐怕會被叫阿姨。我聳聳肩：「想不到她喜歡這種表演……」

「我們都很喜歡，常去看呢。畢竟都是工作壓力很大的上班族，下班後也是一個人回家，能有人逗我們笑，也算一種抒壓嘛。」

「是喔……她有說是什麼事沒辦法去、要改第三天嗎？」

「沒有。」

「妳覺得會是什麼事呢？」

她移開視線思索了一下：「可能跟人有約吧。」

「誰？」

「她沒說，我也沒問。」

「會是喻怡慧嗎？」

「不知道。」

我從包包裡取出卷宗翻給她看：「妳覺得有什麼奇怪的地方嗎？」

「是懷疑有什麼人害她嗎？」她看了那些現場照片，眉頭緊鎖地搖搖頭：「不可能啊……」

「是佳凝的媽媽這麼認為……或是妳覺得最近她有什麼想不開的事嗎？」

「我們不但相約要去看表演，還計畫要趁年休出國去旅遊呢，想不開的人不會有這樣的心情吧。」

「但是心情不好，才想要看搞笑表演、才想要出國散心，就像憂愁的人也常會想力圖振作強顏歡笑，有沒有這種可能性呢？」

「我們最後一次講電話時是很興奮的，計畫出國的事還假想如何邂逅帥哥、有些什麼豔遇呢。如果妳聽到我們倆在電話中的高亢語調，就不會認為她在強顏歡笑。」

「她確實沒有男朋友？」

「有的話，我一定會知道才對。」

喝了一口咖啡。難喝。挖了口抹茶蛋糕。好苦。我放下小匙：「佳凝的媽媽說告別式上曾見妳來，後來都聯絡不到妳？」

「……」換她愣怔了一下，古怪表情稍縱即逝：「可能我值大夜班，白天睡覺時沒接到她的電話。而且，我好像沒和陳媽媽交換過手機號碼。」

「原來如此。」

「她有說找我什麼事嗎？」

「嗯，可能也像我一樣，想問一些佳凝生前的事吧。」

「佳凝是很樂觀、體貼的女生。她會選擇這樣走上絕路，我也不相信。」

國中時自己還很內向膽怯，第一天第一節下課時是佳凝主動過來跟自己說的話，還遞上一塊銅鑼燒。上課下課都在一起，連上廁所都要牽著手。數學永遠都同樣聽不懂，考試一起作弊被抓、一起被罰。高中一年級時兩人還不約而同暗戀一位吉他社的學長，但相約都不表白，要一起考上大學，一起接近學長，看學長最後會選誰，殊不料上了大學意外發現學長喜歡的是另一位學長，那晚和佳凝躺在床上討論這事還為了彼此單純到蠢笑到掉眼淚。大學畢業那天一起到猛男夜店開眼界，慶祝自己即將步入社會，醉到今生最狂，幸好事先有請男同學來載才免於被人撿屍。每年生日一定相約為彼此慶生，互送禮物，甚至講好如果年老了還嫁不掉，就一起去住老人公寓……怎知，人就這樣突然沒了……

她說了很多關於陳佳凝的事。愈說愈難過，邊說邊掉淚。

我陪著她掉眼淚。兩人輪流把桌上面紙盒的面紙抽光了。

服務生路過一臉錯愕，不一會兒過來幫我們補充盒裡的面紙，貌似以為我們是滅門慘案被害人家屬，只差沒說節哀順變。

笑中帶淚過三巡，淚裡帶笑過五味，忽然發覺店裡不知何時客滿了，幾乎每個人都投來奇異目光。我們對視啞然，頓時覺得丟臉。

「謝謝妳。」她用面紙掩住哭紅的鼻子；「其實佳凝這樣，我真的很難過。」

「我覺得她應該是個很好的女孩。」

「可惜佳凝走了，不然我們三個應該可以很談得來。」

「我也這麼覺得。」

「我可不這麼覺得。」聽完我的敘述，文石嚼著花生米不以為然道。

「唉喲，烏龜居然笑兔子跑得慢了齁。」

「龜兔賽跑的故事……好像不是這樣寫的。」

我滑著手機看記事本：「咦，明晚我跟朋友約好逛街、星期六我有高中同學會、下星期日還有大學同學會。」

「……」

「唉唷，我聯絡簿裡電話超過五十個。臉書好友一百多個。哇！ＩＧ粉絲破兩百萬了耶。」

「……」

我搶過他放桌上的手機點滑：「你記事本裡只有庭期？」

「我的生活以工作為重。」

「聯絡電話只有家人和同事？」

「當事人的電話妳記得就好了嘛。」

「沒臉書？那就更沒ＩＧ了吧。你有需要用到智慧手機嗎，改天我幫你買支老人機好了。」

「我知道妳在消遣我人緣差沒朋友，但也不必用烏龜形容自己上司嘛。沒大沒小。」

「我只是想讓你知道你助理人緣佳、朋友多，因為顏值高、待人親切。」

「是是是，這也是我請妳去找喻怡慧、卓靖涵的原因。」

「那你還說不覺得我可以和她們成為談得來的好朋友！」

「個性不同、價值觀不同，怎麼可能變成知心好友呢。」

「你又知道了。」

「妳沒發現卓靖涵有難言之隱嗎？妳不覺得喻怡慧有些拜金嗎？」

呃，沈鈴芝對朋友向來真誠不隱瞞；家裡經濟雖然不錯但從不拜金。我努嘴不甘心地問：「喻怡慧有些拜金我知道，但卓靖涵的難言之隱是什麼？」

「下班後去調查一下就知道了，也許能發現跟陳佳凝的死有關。」

還想問他為何會發現卓靖涵有難言之隱時，桌上電話內線響起，事務所的另一位助理小蓉在那端說老闆林律師有事找文石過去，話題只得先按捺住。

打卡鐘響起下班鈴聲。白琳律師拎著包包從她辦公室出來，經過我辦公間時我正好打了個大呵欠。她見狀駐足：「這麼累啊？」

我無奈地說：「待會兒還要跟文旦去查一些東西。」

「是跳樓的那個案子？還沒說服當事人放棄嗎？」

「我們連自己都說服不了，怎麼叫當事人放棄。」

意外寫在她臉上：「那，找到什麼證據了嗎？」

「正在努力中。」我靠在椅背裡，歪著頭：「是說認真檢視每個刑案、盡力查證有無犯罪，不是檢察官的責任嗎。為什麼是我們要這麼累呀。」

「不起訴的承辦檢察官是哪一位？」

「詹兆叔。」

「原來是他。難怪那女孩的媽媽不服氣。」

「怎、怎麼了？」

白律師人緣不錯，許多同學、學長姊都在法界工作，因而許多法壇下的內幕八卦都可以從她口中探知。

白律師靠近我，低聲說：「這個檢察官很看重辦案成績的。」

「辦案成績？那很好啊，不是應該認真辦案成績才會好嗎？」

她站直身子，表情看來詫異又驚喜：「我們鈴芝真的好單純、好熱血啊。」

我努力思索她的意思，文石這時從他辦公室走出來。白律師瞥見了對我揮揮手：「加油！司法就需要妳這種熱血正義呀。」然後就翩然轉身下班了。

「什、什麼啊……」

見我發怔，已走到電梯門口的文石轉頭問：「妳不是說要一起去嗎？」

用最快的速度關上電腦，我抓起外套和包包衝出去：「等我！」

小白從地下停車場滑進暮光裡的台北街道上。

望著路燈迅速朝車窗外飛過，我忍不住問：「那個檢察官詹兆叔……怎麼樣？」

「什麼怎麼樣？」

「風評啊。例如辦案認不認真、開庭會不會耍官威、亂吼當事人之類的。」

「我跟他不熟，不知道。」

「太遜了吧。如果遇到他跟你對庭，你卻對他一無所知，怎麼應戰？」

「用兩種武器應戰。事實與證據。」

「沒聽過知己知彼、百戰百勝嗎。」

「打官司是呈現事實、適用法律，不是真的打打殺殺。」

「那你覺得看重辦案成績的檢察官……」

「這方面的問題妳得問白琳了。」他瞥了我一眼，認真地說：「我知道司法人員的三觀、操守和專業能力會影響辦案結果，但我從不理會。」

「只顧低著頭辦案，連自己的對手都不想了解，多沒趣啊。」

「人在公門好修行，各人造業各人擔。」

居然套不到八卦，真沒意思。我瞪他一眼，心裡啐了一口：呿！鋼鐵直男。

小白停在一座公園前路邊停車格內。我們下車步行往公園後方的大樓前進。

陳佳凝生前在這棟大樓租屋的啊？我仰望，只有少部分窗口流瀉出燈光。這個時間應該都還在回家的路上吧，也許跟同事或好友相約吃完了晚飯才回來，若是白天被上司罵了、被客戶嫌了，還去買醉混到很晚才不得不回來。城市裡上班族的生活軌道，彷彿都一樣。

租期尚未屆滿陳佳凝就猝逝。張玉娟沒有退租，把磁卡和鑰匙交給我們。

狹小管理室裡的管理員見文石亮出手中的磁卡，就把視線轉回正在播選舉新聞的電視。

在電梯裡刷了卡、按了樓層。文石忽然自言自語：「住十樓？如果要自殺，為什麼不在這裡的陽台跳，卻要到吉揚大樓去跳？」

咦，是齁……我對著他彈了手指，表示認同。

電梯門開，偪促的走道上可以看到每層樓有四戶。我們走到最後一戶，文石用鑰匙開了門。一房一廳一衛的小格局。很適合單身小資族租的小套房。

粉色壁紙顯示住戶是個內心浪漫的女性。沙發上的大布偶熊孤獨地等著主人回家。帳單、蜜餞罐、馬克杯、電視遙控器、百貨公司促銷季刊散置茶几上。推開陽台的落地窗，窗上風鈴發出冷清無力的風擊聲。往下探頭，若選擇在這裡往下跳確實可以直通閻羅殿。電視機上的狗狗公仔雖然可愛，看來很寂寞。客廳角落堆疊著許多紙盒，裡面不是精品包包就是新款鞋子，就算少部分使用過看起來也都很新。同一牌子的精品包包還有連續三季的新款。

進到臥房，文石已經坐在角落的小電腦桌前檢閱一台筆電裡的檔案與上網紀錄。我靠近孑然孤立在床邊的梳妝檯，上面過多的化妝品保養品，瓶瓶罐罐給人過度重視外表打扮的印象。衣櫥裡各類洋裝套裝禮服休閒服及各式配件、華麗樸實隆重俏皮時尚輕便同框兼俱，讓人眼花瞭亂目不暇給。床上的涼被枕頭放置整齊，粉藍色床單也工整平順，顯現主人好乾淨的生活習慣。空氣裡有淡淡的香氛味，因為床頭几上有快見底的精油瓶。

若說愛美的女孩都會有這樣的住處，並不為過。但好像哪裡……

「覺得哪裡奇怪，記得拍下來，以後也許用得著。」身後傳來文石的提醒。

哪裡奇怪呢……一時也說不上來。我拿著手機乾脆把整個房間各處都拍了。

「你是在看直播、批踢踢還是在偷看A片？」拍了房間的各處，連盒子裡的包包與鞋子都逐一拍完了，文石還在小桌前看著筆電。

「有點奇怪。妳看這裡。」

他讓游標點在「歷程紀錄」選項上。畫面上跳出小視窗。

「一片空白？」

「再看這裡。」

移動滑鼠，他再找出「歷程管理」。上面一大排日期、時間、網址的紀錄。

我看了半天，覺得在學校上微積分的厭世感又來了。「裡面有這一期威力彩還是大樂透的明牌嗎？」

「這裡。我要妳看的是這裡。」

他用游標指著最上排的紀錄。二〇二〇年九月二日23時30分。

「咦？那天發生什麼事，要把筆電裡的上網紀錄刪除嗎？」

「那天什麼事也沒有發生，因為已經不能發生什麼事了。」

視線在電腦畫面與站起身的文石間游移，我急忙問：「什、什麼意思？」

「因為這部筆電的主人已經死了。」

蛤？那……陳佳凝是什麼時候跳樓死亡的……

卷宗裡那張法醫開立的相驗屍體證明書……九月一日？

對，應該是二〇二〇年九月一日的晚上，不記得是幾點了。那也就是說……

有人在陳佳凝死後，跑來這房間，把她的上網紀錄刪掉了？

文石拿出手機：「我是文律師。我問妳，誰有妳女兒房間的鑰匙？……除了我，妳曾把鑰匙交給誰嗎？……嗯……嗯。妳確定陳佳凝生前沒有交男朋友？」

趁他在向張玉娟求證，我把筆電上的歷程紀錄和管理頁面拍下來。

有人想要掩蓋些什麼事，才會在陳佳凝死後，悄悄潛進來動她的電腦嗎……

「張玉娟答案都是否定的。」文石中止通話，開始巡視房間四周。「看來她對女兒的了解有限。」

「誰成年後都不希望自己的父母管太多吧。」

「妳自己也是這樣嗎？」

「我怎樣？」

「唯恐爸媽管妳太多。」

「你不會？難道你是石頭裡蹦出來的所以都沒家人管你干涉你？」

「有人管，表示有人在意自己、關心自己，其實也是一種幸福。」

哇靠，他突然講這種感性的道理，害我原本促狹的火力瞬間熄滅。

據側面瞭解，他年幼時父親就不在了。原本以為父親是單純病逝，但他卻發現另有隱情，至今真相不明……所以對於這種與親情有關的議題，我再沒大沒小也不敢跟他開玩笑。

反倒是我的父母，每次回家總問我為什麼還蹲在事務所裡當小助理。說什麼只要辭職到爸爸的公司，馬上就有副理的職位，立刻有至少五十名的下屬可供使喚，出門還有司機開車，唯一心思用在幫爸爸把公司業務打理好就可。

「比起賺錢，我覺得從事司法工作更有意義。」

「有什麼意義？妳以為司法人員就不是公務員啊？我告訴妳，公務員只分兩種，想升官的和不想升官的。想升官的野心要大，辦案還會公正嗎？不想升官的要不自己搞副業、要不畏難怕事，能伸張什麼正義？」

芝爸，你偏頗的二分法把公務員得罪光了吧！我不服氣：「你不能否認有認真負責但沒辦法升官的公務員吧！」

「妳唸法律不是在追求公平？做那種公務員憋屈又無奈，算是公平嗎？」

「唸法律又不一定要做公務員，當律師也可以——」

「可以得罪人，可以不小心還幫到壞人，可以整天在法庭跟人吵架，牙尖嘴利的職業多惹人討厭？」

「爸，你的口才和邏輯好強呀，沒來當律師真可惜。」

「少貧嘴！我為妳留了一間辦公室，妳下個月就辭職，來公司上班。」

下個月？下個月的今天還有下個月。呵呵。

要不然就是老媽的叨唸：「不想去爸爸的公司就去修個教育學位吧，當老師教書雖然不能賺大錢，總比待在私人單位有保障多了吧。」

「媽！妳能不能不要管我，我學以致用又是有興趣的工作，為什麼一定要去教書啊。」

「教書有什麼不好？那些法官檢察官哪個不是老師教出來的？」

「我就對說教沒興趣嘛。」

「有興趣的工作通常都沒前途，妳已不是小女生了還天真什麼，務實一點！」

「誰說的？人家我們系上好幾個大學姊就對審判工作很有興趣，現在已經升到庭長了。」

「誰敢跟法官做朋友？誰跟法官做朋友不是別有目的？妳想變成孤老沒人緣的變態妳就去當法官吧。」

芝媽，可以不要這麼以偏概全嗎……是說，法官真的都沒什麼知己好友嗎？

「唉呀，妳別老這樣管東管西的啦，我都已經大學畢業了，又不是小孩子。」

「好好好，我不管妳了。那妳下次過節回家記得帶個男孩子回來讓我瞧瞧。」

「什麼啊！帶什麼男孩子的幹嘛！」

「妳把青春賣給事務所，總不能連自己未來的幸福也賣給事務所吧。」

「我才畢業多久——」

「我記得妳以前在學校時好多男生追的，怎麼畢業就都跑光了？」

「現在忙成這樣，哪有時間交男朋友——」

「早知道妳會落得工作像條牛、又沒人要追，還不如不要畢業。啊，乾脆妳再回學校去考個研究所好了。」

「……」

我無言，每次有連續假期想到又得面對爸媽的雜唸就意興闌珊，甚至開始找理由懶得回家了。

第三話

「她沒有臉書、ＩＧ、噗浪、推特或微信之類的社交帳號嗎？」我在電梯裡問。

「都被刪光了。但我們還是有辦法找到。」

「意思是我去要喻怡慧、卓靖涵的帳號，再連結進去？」

文石給我一個真有默契的眼神。

電梯門打開，我們到管理室，問管理員有無九月二日晚上的監視器攝影紀錄。

「十樓那個陳小姐在吉揚大樓跳下來的第二天，就被警方拷貝走了。」管理員翻看了登記簿，指著一行記錄。文石說：「警方是白天來拿的吧，我們要的是晚上的。」

「可是，這與住戶的隱私有關，我不能隨便給你們。」

文石表明身分和受死者母親委託調查死因的事實。管理員還是搖頭：「只要有一個住戶不同意我就不能提供，不然工作都要丟了。」

「那我只好要求法院傳喚你出庭，查證案發當晚出入的可疑人物了。」

「我才不會出庭。」

「你不出庭可能會被法院拘提，還有可能被處罰三萬元的罰鍰。」

「她跳樓又不是我害的，我也沒在場目睹，不想作證也不行唷！」

「法律規定國民有作證的義務。」

「這是什麼死人頭規定的法律！」

「立法院立法委員規定的法律。」

「幹！死他媽的立法委員，都是垃圾、人渣、敗類、賤人、婊子、米蟲……」

在撤幹譙的痛罵聲中，他還是拷貝了九月一日、二日的監視器攝錄檔給我們。臨離去前，文石開了信箱，把積在裡頭的許多廣告單、帳單都帶走。

回到車上，我撥了電話給喻怡慧和卓靖涵，跟她們加了臉書好友。

藉由她們的臉書進到陳佳凝的臉書，最近一次發文是兩年前到一家餐廳吃飯時的心情。連結到她的ＩＧ，裡面有許多生活與旅遊照片，每張看來不是開朗、俏皮，就是扮萌裝鬼臉，跳樓前三天還PO了張陽光燦笑的美照，並註記「日子愈來愈好了，希望每天都能開心」的心情文字。

任何人看了都會認同張玉娟所說，照片中的女孩哪會選擇輕生。

難道在這些表面看來開心生活的照片後面，是極度憂鬱的心？太難想像。

也沒有任何負面情緒或抱怨誰的PO文。連一則謾罵嘲諷的留言都沒有。

也就是說，她是不可能會自殺的人；可是也找不到任何可能加害她的人。

我無奈地搔搔後腦：「沒什麼可用的線索啊。」

文石發動引擎，將車子駛進弦月高掛的夜裡：「怎麼會，我覺得很多啊。」

我不可置信地望著他：「居然唬爛我。」

「那為什麼有人要連她的臉書和ＩＧ都從電腦刪掉？」

「欸，對齁……為什麼呢？」

「一定是有不想讓人知道的文字或照片吧？」

「有道理，會是什麼呢？」

「暫時還不知道。」

「就說你唬爛了吧。」

「還有，妳不能否認客觀上陳佳凝長相不錯，一般而言，外表親切可人的女生才會被大公司選派擔任櫃檯客服人員吧。」

「那我比較好看，還是她比較好看？」

「這時候妳比較這個，是在哈囉嗎。」

「人家累了睏了，你講話還繞圈圈才是在哈囉你好吃飯了嗎！」

「我沒繞圈圈，我意思是妳沒發現她的臉書、ＩＧ裡居然都沒有一點跟男生有關的PO文或照片嗎？」

呃，好像真是如此。我不服氣：「又沒男友，就算是蕾絲邊也沒啥奇怪的呀。」

「未必只有這兩種可能。」

「那還有什麼可能，遇男過敏症？天生仇男癌？被男生傷害過留下ＰＴＳＤ？」

他左眉抽了兩抽，嘴角歪了幾歪：「可以揣想些跟她跳樓有關的嗎？」

「人家就想不到嘛！」

「從妳探訪喻怡慧、卓靖涵得知的事去推理，就不難察覺了啊。」

「人家想不到、人家想不到、人家想不到嘛！人家累了不想用腦了啦。」

「好吧，今天就到此，先送妳回家──」

「喂，監視錄影還沒看哪。」

「我自己來看吧。」

「她跳樓的那個吉揚大樓的監視器我們要不要也拐來看看？」

「張玉娟說吉揚大樓的監視器在案發前就壞了，這點她要求警方確認過。」

「那陳佳凝臉書的PO文或照片為什麼都跟男生無關？」

「因為跟男生有關啊。」

「蛤？」

「就因為跟男生有關，所以她才不PO男生有關的文章或照片。」

「原來我累到腦袋不想用，你累到腦袋不好使。你連講話都已經語無倫次，今天別看監視器的錄影了，早點回家睡覺吧。」

「好主意。」

回到租屋處，嗑掉買回來的燻雞沙拉後，我癱在小沙發上盯著電視發呆，不久就陷入昏昏欲睡狀態。

這時疑似聽到敲門聲。睜開微瞇的雙眼怔了幾秒。敲門聲再次傳來。

我坐起身瞄一眼壁上掛鐘：再幾分鐘就要十點。

這種時候是誰來敲門？怎麼沒先打電話約？

敲門聲第三度傳來。跳起來三步兩作兩步衝到門邊，我按下電眼。

電眼的攝影鏡頭傳來的小畫面上，一個長直髮女生站在門外，面向電梯，不清楚面貌，但身形很眼熟。我按下對講機：「請問找誰？」

那女生聞聲，好似這才發現有電鈴存在，低頭靠向對講機說：「我找沈鈴芝小姐。」

「請問妳是哪位？」

「妳不是在找我嗎？」

「我在找妳？妳是誰？」

「妳不認識我了嗎？」

她忽然抬起頭來面對攝影鏡頭。

她、她、她、她……她！兩腿一軟，我差點跌坐地上。

那張慘白的臉對著鏡頭露出悽楚的微笑：「妳不是很想瞭解我嗎？」

她斜著身子，手舉起來對著我揮、揮、揮、揮向左邊揮向右邊再揮向左邊就往下掉了、手臂膀連同手掌像掛在肩架子上扭曲晃盪！

頭歪向一邊，一直歪、繼續歪、然後咚的一聲，頭就斷了！掉在地上了！

我我我我我不想瞭解妳……不想瞭解這樣的妳……我想瞭解妳，但不想在這樣的情形下瞭解……我在語無倫次個什麼！

救命呀呀呀呀呀呀呀呀呀呀呀呀呀！

「救命呀！」咕咚一聲整個人從沙發摔到地板上，我從驚駭中嚇醒，眼前只有電視上傳來一個女的被歹徒擄走對路人呼喊的尖叫聲。

原來救命不是我叫的……我跳起身衝到門前把房門拉開，走廊上除了嵌燈孤孤單單投射出清冷的光線外，什麼鬼都沒有。呼，剛剛只是噩夢而已啊……

關上電視，抓了換洗衣物到浴室。我讓熱水從蓮蓬頭沖灑在頭上和全身。

搞什麼，誰害妳的妳找誰去，來嚇我是怎樣呀。

一定是這幾天太投入陳佳凝的案子搞到神經衰弱，才會打個瞌睡都作噩夢。吹乾頭髮，我換上緊身毛衣窄裙及剪裁合宜的風衣，拎起包包就溜出了門。

街市如畫，流光溢彩，即使夜色已深，台北街頭仍然霓虹喧鬧得很。漫無目的在這個城市的街上蹓躂，迎面而過眾多路人猶如浮光掠影。信步進入捷運站，融入嘈雜人群裡的我，面無表情，內心僻靜伶仃。

每站上上下下的人們，窗外快快慢慢的燈盞，彷彿洗刷目光的溪流。

反正今晚決定要暫時把所有關於工作上的壓力煩瑣，掃出腦袋之外。

走出捷運站，發現東區的馬路都好大條。身邊幾個打扮新潮的女生結伴，嘻嘻鬧鬧往同一方向走。跟在她們身後走了一會兒，發現她們在一家夜店前與另群女生集結，一起入店。穿著制服的店員在門口比了個請的手勢，我只得放下已拿在手中的信用卡。原來今天是淑女之夜，女生進場不用錢。

店裡五光十射的搖頭燈和投射燈閃晃不停，ＤＪ在台上鬼叫著什麼，轟然的鼓聲配著電子樂讓耳膜開始震躍。

在吧檯前向酒保點了杯「醉惡凶徒」。我一飲而盡，讓口中到胃底都充滿琴酒、威士忌和各種水果交織的怪味，腦袋也一下子被刺激到放空。

把風衣掛在吧檯椅背上，我飄進舞池混進人群。隨著節奏開始款擺身子，這刻的自己只想甩開工作的千斤壓力與生活的一成不變。

在人群中舞動了一會兒，音樂換成海洋風格的拉丁舞曲。也許是酒精的作用，我閉著眼睛踩著旋律的音符，豁出去地轉身、晃動、伸展、轉身、踩步、抖臀、轉身、甩髮、扭腰、轉身……

耳邊逐漸傳來興奮的掌聲與尖叫聲。我愈跳愈起勁，索性把身上的毛衣褪去，放肆地揮灑汗水躍舞，以不負大學時在熱舞社時我「輕羽飛仙」的美名。

音樂乍歇，動作正好停在最後一個音符！大呼口氣，我在一片驚嘆聲中走向吧檯，向酒保招手。「醉惡凶徒難喝。有什麼適合在炫耀時喝的？」

戴著耳環的酒保指向身後的酒品價目表：「敘事詭計不錯。連環殺手也很屌。」

身邊馬上飄來一個男生的身影：「好厲害的舞技，哪學的？」

我沒甩他，對酒保說：「那我來一杯謎般女子。」

酒保面露意外：「謎般女子是應付空虛寂寞時喝的唷。」

空虛寂寞？原來城市裡的上班族下班後的慣性都是如此。我堅持點它。

身旁那傢伙還在撩：「這杯能讓我這樣謎樣男人，請妳這樣謎般女子嗎？」

我揮揮手中的信用卡。連看都沒看他一眼。

他揮揮手中的鑰匙圈。金質的三叉戟圖案。

「想幹嘛？約砲？一夜情？」

興許是被尷尬了，他抖了一下：「沒、沒幹嘛，只是想交個朋友。」

賊眼、小鬍、名牌衫。我終於瞥了他一眼：「你幹嘛的？」

「我開公司。搞房地產的。」他的眼珠瞄向我V型領口的最低處。

「喔。」

房地產？我覺得你現在是想找個女的幫你搞生產。

「那妳呢，平常忙些什麼？」

酒保端上一杯又綠又藍又紅又白的酒。我豪飲了一半：「我平常不是在忙碌，就是在被忙碌的路上。」

他怔了，想必這麼艱深的邏輯對他而言猶如梵音吧。
將杯中的酒一飲而盡。我起身，將信用卡遞給酒保。
「不考慮跟我交個朋友？」他還不死心。「我體力不錯的。」
「我不考慮跟腦力不行的人交朋友。」穿上風衣，接過酒保還我的信用卡和發票，我甩髮就步出店門。
現代的都市人，何其空虛。男男女女都是。

有個巷口閃著「嫌犯密室BAR」的霓虹招牌吸引我的目光。
店裡客人稀寥，只播放輕音樂。正適合運動過後腦袋清靜的我，很好。
陳佳凝不PO有關男生的文章照片、反而是因為跟男生有關？文石這樣說，一定是發現了什麼卻被我忽略的。跟酒保點了杯白色佳人，我取出手機，進入陳佳凝的臉書，把她上傳的文字、照片再仔細看過一遍。
總能想到一般人想不到的細節，文石這傢伙是怎麼回事。說不定他腦上有個拉鍊，一拉開，裡面躲著個高智慧的小外星人。
就在快要放棄時，發現卓靖涵在線上。我用即時通叫她。
「妳還在加班嗎？」
「沒。在小酒館裡喝酒抒壓。」

「佳凝的事有進展嗎？」

「妳有發現她的臉書和ＩＧ都沒有跟男生有關的文章嗎？」

也許她進到陳佳凝的臉書ＩＧ再檢視一遍，等了好一會兒，她才回覆：「她沒有男朋友，這不是很正常嗎？」

「有點怪。」

「但她的好友群裡有男性啊。」

「我是說上傳的文章和照片。」

又過了好一會兒，她回覆：「咦，這我倒沒注意到耶。」

就說嘛，這種莫名其妙的小細節，只有文石那種怪物才會特別注意。

不過我可不敢輕忽他注意到的地方。之前就是太小瞧他這種能力，錯過了許多破案的契機。

「沒禮貌的問一下，她曾有過男友嗎？」

「高中時交過一個，大學時交過另一個。都是畢業後就分手失聯了。」

那可以排除蕾絲邊這個可能了。

「是因為被男生傷害過嗎？」

「沒有。她也很想交男友，不過跟我一樣，都太忙了。而且真愛難尋。」

「唉，還以為只有自己如此。原來現在都市ＯＬ的煩惱都一樣。」

「妳也是這樣？」

「畢業沒幾年，我媽當我是資深女子高齡產婦般催促趕快找男友。煩死。」

「妳媽這麼守舊？」

「天下父母心。其實父母不催，看著同學好友都出雙入對了，自己也會想的。妳不會嗎？」

「嗯。需要介紹嗎？我們醫院許多醫師單身喲。」

醫師？想起之前邂逅的一個帥哥醫師多金又有才、結局卻超狼狽就打哆嗦。

「醫師還是留給妳自己享用吧。小妹我沒福氣。」

「呵呵。妳的外型和個性，是他們會喜歡的唷。」

「如果他們喜歡工作總是超時、老跟著上司到處跑、時不時人來瘋的女生。」

「呵呵，看不出來。」

這時響起Line的傳訊聲。是文石。我趕緊回卓靖涵：「上司又來訊了，下次再聊。」

「那先掰。」

退出臉書。點開Line。是三個影音檔。

點開第一個檔案。一個頭戴鴨舌帽、豎著大衣衣領、身形約一百七十公分左右的傢伙進電梯按了樓層鍵，低著頭縮在立門邊角落，直到電梯門滑開步出，獨留鍵盤上按鍵數字燈亮著「10」！

畫面下方的攝錄時間是二〇二〇年九月二日23時15分。

我刷地從椅子上站起來：「Catch You！」把酒保嚇了一跳。

第二個影音檔打開。是那個傢伙在23時40分重新回到電梯裡、按了數字鍵下樓的過程。到陳佳凝的屋裡把電腦紀錄刪掉？因為裡頭有曝露你是凶手的線索，對吧。

第三個檔案是步出電梯後經過管理室前被拍到快步離開、消失在大門外的夜色裡的最後身影。是丁博瀚嗎？因為前後都戴著帽子口罩，豎著大衣高領，無法辨識長相。

文石還是撐著疲憊看完錄影檔，才能擷取這些重要畫面吧。

文石一旦決心挖掘真相，居然可以連續好幾天都不睡覺。雖然平時老愛跟他沒大沒小，這點我可不得不佩服。如果日後通過了律師高考，非得拜他為師不可。

匆匆結了帳，我快步踏入深夜的台北街頭。

一出店門就撞見兩台法拉利呼嘯奔馳競速而過，嚇壞一票路人。我在心底啐了一聲，覺得這些有錢人怎麼總是無聊到拿生命開玩笑。

抵達捷運站前，忽然被一個黑影往手臂上一撞，踉蹌到差點跌倒，我忍不住尖叫怒斥：「啊──幹什麼！急著去哪啦！」

貌似大學生模樣的年輕人連一聲道歉都沒有，急急忙忙從地上把撞掉的鐵罐撿起來拔腿就跑。那是一罐噴漆。後頭兩個制服員警追著，邊追邊叫站住不要跑。順著他們來的方向看過去，巷裡一幢建物的牆上和電桿上被漆噴了個妖魔鬼怪亂七八糟。

想當畢卡索就在紙上畫布上搞，幹什麼搞到人家牆上，這樣能賣錢嗎？我心底祝福那小子在下個巷口跌個狗吃屎被警察逮到。

有人為了正義忙到有覺沒空睡。有人為了好玩盡損人不利己，這社會是怎麼回事？生了什麼病？

因為空虛。

在捷運車廂裡瞥到鄰座高校女生用手機在某個作家的臉書粉絲頁上留言酸罵：「寫那個什麼鬼東西，把買書的錢拿去當紙錢燒還能巴結些好兄弟」時，我得到這四個字的結論。

早上一踏進事務所，就瞥見座位旁的小蓉對我猛使眼色。順著她的目光望向另一邊：張玉娟坐在沙發區。臉很臭。

我正要上前打招呼，她就起身衝過來：「沈小姐，妳說，這是怎麼回事？」

「發生什麼事了？」

「文律師要我放棄再議！」語氣裡有火。火還很大。

「呵呵，怎麼可能，昨天我們還——」

「他說證據還不齊全，如果冒然提再議容易被駁回，若向法院聲請交付審判，困難度更高。不如等證據齊備了再一次提出聲請重啟偵查再行起訴。」

文石在搞什麼，一大早就把當事人惹得火氣這麼大，是嫌我太閒嗎……

「呃，文律師說的不是沒有道理——」

「問題是，證據何時才能齊備？始終不齊備就不提出聲請，那我女兒的冤何年何月才能昭雪？」

「我們正在努力找證據之中——」

「律師又沒有調查權，怎麼調查都不如有公權力在手的警察和檢察官吧？」

「呃，這也是事實……」

「有再議不是就有機會嗎，也許運氣好遇到高檢署的檢察官比較同情我們，就幫我們調查了啊。」

「張阿姨，打官司不能靠運氣，是要講證據的。」

「我們被害人有能力去找證據，還需要繳稅去養警察和檢察官嗎？」

說的真好，但我不能大聲鼓掌叫好啊。「這是事實，這時候就需要律師協助蒐證的嘛。」

「我原來也有請律師，結果還是不起訴呀，現在想聲請再議，文律師卻告訴我證據不足的話還是有可能被駁回，看來好像不是妳說的這樣。」

唉，該死，怎麼搞到讓律師為不起訴處分的結果揹黑鍋啊。我趕緊說：「有時運氣不好，案件剛好遇到想法跟我們不一樣的檢察官，就會被不起訴，但只要努力，還是有機會翻案的。」

「妳剛剛不是說打官司不能靠運氣的嗎？」

靠，昨晚不該喝酒的，腦袋變得不好使。我只得轉換話題：「那文律師跟妳討論的結果，真的不聲請再議了？」

「他拗不過我，還是決定先聲請看看，現在在寫書狀了。」她不滿地說：「拜託，今天是最後一天了耶。」

拜託，妳來找我們時只剩三天了耶。

我當然不能這麼說，只得趕緊請她坐，端來事務所的招牌紅茶，拉出笑容說：「張阿姨，妳先別生氣。文律師做事很仔細的，他是很想幫您翻案才考慮這麼多的。當然您說的也沒錯，律師既然沒有法定調查權，先聲請再議再看看怎麼處理也是可行的。」

我最有自信的不是身材，是笑容。她果然態度變軟，語氣放緩：「我也不是怪文律師，只是人命一條，我無論如何都要告到底。況且我還去廟裡求神了，妳看妳看……」然後從包包裡取出一張黃紙條伸到我面前。

那張詩籤上面寫著：雲深不知處，迷途應知返。眾神來相助，鳴鼓可伸冤。

「神明答覆我『眾神來相助，鳴鼓可伸冤』，也就是已經有神明來幫我了，擊鼓就能伸冤了，為什麼文律師不幫我擊鼓呢，妳說是不是？」

她的信心既然來自於神明，我再說什麼豈不是忤逆神明。

「是、是、是。待會兒他聲請狀寫完了，我馬上幫您送進地檢署。」

好不容易送走有神相助的當事人，才到座位打開電腦，文石就按了內線。

我進去他辦公室。本想質問他幹嘛惹怒當事人，見他歪掉的領帶和滿佈血絲的眼珠，就忍了下來，默默接過他剛寫好的再議聲請狀。

直到午餐時間他都沒有出來。按內線電話提醒該吃飯了，他只回了句「嗯。」

我有點擔心，把早上的事簡述了一遍，問身旁的白琳律師：「打官司真的只能靠運氣、靠神明嗎？」

優雅啃著雞爪的白琳聽了傻眼：「妳唸法律的人說這種話？別被當事人影響。」

「可是當事人說的也不是沒有道理呀，就算文石備齊了所有的證據，如果檢察官不認同證明力，也是可以不起訴對吧。」

「是也沒錯，所以檢察官的權力某些狀況下，比法官還大。」

「是嗎？檢察官起訴後還得看法官審理的結果，才能將被告定罪，否則跟被告一樣，只能上訴求翻案不是嗎？而且出庭時檢察官坐在辯護人的正對面，又不像法官坐在高高的法壇上。我還看過法官開庭時消遣檢察官哩，當然，大多時候還是罵律師的比較多啦。」

白琳微微一笑，眼瞳流轉：「反過來說呢，如果法官在審案過程中，發現被告還涉犯其他的罪、或還有其他共同被告，但是檢察官沒起訴，法官能審判嗎？」

「依不告不理原則，當然是不行。但法官可以將這部分函請地檢署偵辦。」

「函請偵辦？性質上與一般告發無異吧。」

「……意思是，檢察官還是可以自己決定要不要追加起訴或另行起訴？」

「官方說法是：檢察官依法是獨立行使職權，執行職務時不受任何人影響。」

「那如果一個人真的有罪，法官審理結果也認為有罪，只因檢察官沒起訴，豈不是……縱放了？」

「認定事實與適用法律的見解不同而已。」
「白律師，妳好像話中有話？」
「妳便當裡的炸雞好像還配了話梅，是梅子雞嗎？不錯吃喔。」

第四話

下午文石搭車南下新竹出庭，我把向法院遞交的書狀副本和閱卷影印的卷宗拿進去，順便為他整理辦公室。

桌上除了電腦與訴訟文件外，還放著已涼掉的便當沒打開。

唉，新竹出庭回來應該天也黑了。

收拾到一半，發現電腦沒關，只是進入休眠。

搖搖滑鼠想幫他關機，幾個已開網頁及檔案的標示都縮小在畫面下方橫列；我逐個點開按右上方的紅叉，直到瞥見其中一個網頁時怔住：

愛情專賣店　客製化專屬你的戀情

什麼鬼，是……色情網站嗎？

背景是戀人模樣的男女牽著手走在海邊的柔焦背影照片，看起來很夢幻，網頁上只有兩個QR扣，沒有任何可用游標點入的選項。

咦，看起來又不像色情網站。愛情可以出賣的嗎？還客製化？怎麼看都不像正經的事。這個文旦，我為他的健康擔心、為他被當事人責難煩惱，看來他關在辦公室裡耍宅耍得很開心嘛。

關了網頁。點開最後一個檔案，我又愣住了。

只有一張照片被貼在Word檔上……陽光般的甜笑，真漂亮！這誰啊……

把前後連結在一起，我就猜到了七七八八。

文石終日忙碌於案件，終於也有孤單寂寞想找真愛的時候啊。呵呵。

所以他在這個什麼專賣店的網站上登記為會員，填寫心儀對象的條件，網站就幫他配對了這個女生——呃，也有可能是網站上有許多女性會員與他攀談，結果他最鍾意這個女生？說不定還是一見鍾情哩。

可是，網路有真愛嗎？有詐騙倒是真的。這女的該不會是剝皮妹吧？一知道文旦是律師就認為釣到凱子，當然就貼上來了，殊不知釣到的是高級苦力，文旦還傻到一見鍾情……不要以為不可能，許多老師教授、政商名人被詐騙的案例報導可不曾少過。

文石辦案跟鬼一樣精，遇到感情的事恐怕還是童子軍吧，特別是午夜夢迴時分應該也會心靈空虛，這時剝皮妹正好趁虛而入。尤其是這個女的，嘴是嘴眼是眼，長得還真勾人吶……

咦，會不會是修圖美顏後的騙人照……

噗！說不定這女的其實已是阿桑大媽啦，文旦還痴迷得咧！哈哈哈。

揣想他約對方見面時，得知對方原來是綠豆眼、塌鼻樑、三下巴和水桶腰的腫臉大嬸，臉上驚呆的表情，我就笑到彎腰噴淚。

回到座位上，我都還在抖抖抖地笑個不停。小蓉見狀問：「笑什麼啊？」

正要八卦一番，老闆林律師正好帶客戶進來，我只得斂起笑容，一本正經地幫白律師繕打訴狀。忍到林律師領客戶們進去會議室、小蓉去奉茶，我抓起手機就溜進文石辦公室，找出那個愛情專賣店的網站，掃了上面的QR扣。

之後就忙碌到將這事忘了。

直到下班後回家的捷運上，剛好有座位。瞥見周圍的乘客都在滑手機，覺得自己該融入這個氛圍也拿出手機，發現一個待下載的檔案，才想起早上的事，趕緊下載了APP，並點開那個連結。

畫面隨即轉到一個星空背景，並出現一行文案：

體驗親密關係　填補寂寞空虛　只有愛情專賣店

哇哩咧，超像酒店或特種行業的文案。

文案下方有兩個按鍵。左邊標示「體驗者請進」，右邊標示「填補者請進」。點擊左邊的按鍵，進入加入會員的說明與規則。大意是說想體驗戀情必須加入會員，就可以選擇自己希望的戀人條件，也列明了收費標準。

會員規則中有段用紅字強調：「本站正派經營，提供情人服務的派遣員都受到法律保障，謝絕一切別有所圖或對派遣員不尊重的違法行徑，一經舉報，本站有權剔除會員資格，並配合司法調查，恕不退費。若不同意者請勿加入會員，一經加入視為同意，絕無異議。」

又好像不是搞援交或色情交易，感覺上比較像是聯誼或交友平台。

可為什麼會有「提供情人服務的派遣員」？

點擊右邊的按鍵，網頁轉進加入派遣員的資格說明與規則。

填補者就是派遣員？派遣員不是臨時工的意思嗎？到底在搞什麼的啊……

派遣員做些什麼？仔細把說明看完，心得只有一個。

臨時演員。專門扮演戀人的臨時演員。

敬業的派遣員甚至可配合體驗者的期待，提供客制化的戀人個性。

直白的講就是契約情人。原本以為只是言情小說或偶像劇裡才有的虛構情節，居然現實生活裡真有這種行業……

咦，這跟伴遊又有何差異，聽說許多女生伴遊的目的無非為找個土豪包養而已。我再點開網店上附加的檔案，仔細看契約條款……喲，除了禁止派遣員與客戶發生性交易外，還禁止跟客戶收取約定鐘點費以外的費用，否則解約罰款。

那如果真的遇到土豪願意包養，誰還會遵守這條款？

轉念一想，土豪哪需要來這裡找女伴啊，會在這種詭異網站找戀人——呃，找虛擬戀人的，應該都是一些宅到不行而且經濟能力普普的傢伙吧。

難道真的將愛情當做商品在賣？誰會買這種虛假愛情啊？

登記的會員數……哎唷，五十幾萬人吶！

登記的派遣員數……只有幾百人？想必都是戲劇系畢業後失業、或小咖演員接不到戲來磨練演技賺外快的吧。不然有正當工作又忙得半死的人，誰會有心思搞這種虛情假意的活動呀。

點開「體驗者」那區的會員名單，想看一下文石的登入情形，無奈未登入成為派遣員就不給瀏覽。但為了招攬會員消費，「填補者」那區的資訊是公開的，還有許多派遣員的美照可看。

我滑著頁面迅速巡睃著每個填補者。網頁的設計貼心好用，條件一是對象背景，我拉開選單：學生妹、上班族、輕熟女……各類背景都有；咦，居然還有人妻是怎樣，不怕家庭破碎嗎。條件二是個性與外表。選單有溫柔可人型、清純嬌羞型、都會美艷型、嬌弱黛玉型、御姊呵護型……唔，各式個性的菜色齊全。

與援交或約砲網站照片若非咬唇媚眼就是擠胸露腿不同的是，每個填補者的美照都衣著端莊，即使是洋裝也給人專業職人的感覺，應該是為了不讓人有非分之想、刻意區隔的結果。

如果真能讓找不到對象的都市男女找到片刻戀愛的感覺，業者就施主有心了……善哉善哉。

喝完了這杯，請進點小菜，人生能得幾回醉，不歡更何待？來來來，喝完這杯再說吧！不行，其實內心深處怎麼不免還是有種逛怡紅院的聯想。罪過、罪過。

呵呵，不知道文旦喜歡的是什麼風格的虛擬戀人來填補內心虛空呢。

啊呀，一定是那個甜笑妹！甜笑妹、甜笑妹妳在哪裡……啊，有了！

就是這張美照！文石電腦裡的就是她！點進去看，還有好幾張各種嚶嚶噠的可愛表情，好令人疼惜的感覺唷……原來他喜歡這種類型的呀。

編號０４１４，暱稱「喵喵」。

喵喵？把自己當寵物賣？我掩嘴發噱，忍不住全身抖抖抖，引得鄰座女生側目。是說這隻貓的行情還不錯，下方的會員關注數達一千五百多人耶。

「溫柔。開朗。善良。傾聽。」個性特質欄內寫的這些是真的嗎？搞不好真面目是隻愛撒潑的小野貓呢。噗！

「早啊。喵～」

次日早上文石經過座位旁時，我照例問安，但語尾加了句喵，惹得他臉上一秒小錯愕。

到他辦公室交辦文件時，我說：「喵～這份訴狀已經遞送。喵～這份存證信函已寄發，當事人要求給一份也已經影印寄給他了。喵～另外林律師請你有空去他辦公室一下，他有案件要交辦。喵～」

他聽了嘴角猛抽：「平常叫我文旦也就算了，現在又擅自把我改名叫喵？」

「喵～」我轉身離去，在門口雙拳握在頰邊，又回頭對他嘟嘴：「你覺得我這樣算是溫柔可人型還是清純嬌羞型？」

為免從椅子上摔倒跌死，他趕忙抓緊了辦公桌緣。

白琳律師正好要進來撞見了，忍笑裝嗔：「阿芝，妳又淘氣了？」

「誰叫他有好玩的不算我一份。」

「什麼好玩的，很危險好嗎。」文石反駁道。

「哈哈，我最喜歡好玩又危險的遊戲。」我斜眼睨他：「如果能找到一個自己喜歡的對象，危險一點又如何。是不是啊，喵？」

「什麼意思？什麼對象？」白琳表情懵懵的。

「阿芝就是愛鬧。別聽她亂說。」

「什麼亂說！我見過那女生又萌又甜——啊啊啊，他臉都紅了，還否認！」

「妳見過她？」文石往椅背上一躺，變得老神在在。「那真奇了。」

「你還沒跟那個甜美眉約會嗎？」

「我不會跟她約會，我只是在調查陳佳凝的案子。」

「哎唷你不要害羞嘛。」我用老師鼓勵小學生的口氣，拍拍他的肩說：「現在是數位時代，在網路交友平台上認識對象很正常的啦。」

他盯著電腦上的書狀翻白眼，不想理我。

「所以他交的是網友？」白琳還是一臉懵樣。我把她拉到一旁，故作神祕低聲說：「他在交友平台上喜歡上一個甜美眉，暱稱叫喵喵，可是不敢約人家也不敢告白。」

白琳睜大了眼：「會不會是詐騙啊？」

「我鑑定過了是正派經營。當然也無法保證別有企圖的人不會加入。」

「妳別聽她扯，她一定是從我電腦偷看的——」

「我就不信陳佳凝的案子跟你自己登錄為會員去趴妻辣有什麼關係。」

「我熬夜從陳佳凝筆電裡的上網紀錄和臉書比對，追查常在她臉書上留言的人，發現他們經常去那個網站。而陳佳凝也經常去那個網站瀏覽。」

白琳給我一個眼神：他說了個合理的理由，妳怎麼說？

「那跟這個甜美眉有什麼關係？」

「我覺得她可能比妳適合幫忙調查。」

「開什麼玩笑！我誰？我沈鈴芝耶！讓我來！」

當晚，額前梳出一撮瀏海、身著小洋裝、掛著細肩包、腳踩紅色高跟鞋前往約定地點的我，心中不禁苦笑自己。

雖然因好勝心想扮演看看，但文石堅持要我這樣穿著，就高興不起來，甚至懷疑這是照他心目中女神形象來要求。

畢竟，這種裝扮超級小白花的，非我個性。

他直接將整套行頭丟給我：「演員演什麼就該像什麼，連服裝都不像算什麼敬業的演員。」

在以「鈴鈴」的暱稱登記為派遣員的第二天，關注數就突破一萬人、下單數高達五百多人，害我有種自己可能是舞場紅牌的錯覺。

文石要我接單的第一個客人暱稱「壯洋」。

照片裡是個戴黑框眼鏡的男生，二十九歲，看起來挺斯文的。

但因為他暱稱的諧音有點淫邪感，害我一直提心吊膽，深怕遇到色狼。

所幸約會地點在百貨公司裡。見我出現時他臉上黑人問號：「妳是……鈴鈴？」

「我是啊。」

「怎麼跟網上的照片……不太像？」

文石說用我真實照片恐怕會圈粉幾輪船擠不下的男生、關注數字會爆表造成網站當機——呃不，他是說怕招來一些變態騷擾，擔心我安危。

「我們兼差做這行，總怕遇到一些不安好心的人，所以都會放一些開濾鏡、修美肌的照片來保護自己。如果介意，取消約會也沒關係，我不收你錢。」

「喔不不不，我不介意。女孩子本來就該懂得保護自己。」他似乎很滿意我的外表。「……其實妳比照片漂亮。」

「謝謝。你看起來也不像暱稱那般讓人有猥瑣感。」

原本緊繃的臉部表情終於放鬆，他拉出微笑，先帶我到一間飲料店。因為咖啡是服務生端上來，所以我放心喝了幾口。

他說目前在一所大學的理工學院讀博士班，課業很重，教授很變態，論文很難寫，實驗做不完，平常交談的對象只有室友。但最近室友交了個女友，七天有六天不見人影，讓他也興起結識女友的念頭，才加入愛情專賣店的會員，希望我不要以為他是什麼變態。

我搖搖頭表示不介意，笑著說：「那你為什麼不也去交個女友呢？」

「我也想呀，不過不容易。」

從他的背景、穿著與說話時雙手在大腿上緊張地猛搓，可想而知。

接下來他開始講些他在研究的波函數、量子躍遷、海森堡不確定性原理，講得興高采烈，我專注聆聽，不時點頭，貌似努力理解，但他一定看得出來我在鴨子聽雷。不過他不以為意，還是一個勁兒的講。

我用手背撐著臉頰注視著他，開始理解眼前這個寂寞靈魂花這麼貴的鐘點費找個漂亮女孩當聽眾，不過是因缺少個傾聽者。

扮演聆聽者，對我而言是小意思。我很會。

兩小時約會都在聽他說。只有在聽到他提及以前暗戀一個女生時，我不斷追問那女生的外表和個性，然後以興奮語氣說：「我們店裡有個喵喵，個性和長相跟你說的那個女生很像喔。」

「妳是鈴鈴？」身後竄出的聲音嚇了我一跳，轉身發現是個肌肉型男。

「你是小草？」外型與暱稱不符，是來愛情專賣店的男生的特徵嗎……

點點頭，他擺了個耍帥姿勢。小草是文石要我接單的第二個男生。

文石這回丟給我的是名牌新款赫本風小黑裙顯瘦復古長袖連衣裙、黑色魚口鞋搭配短直假髮。穿搭後照鏡，看來俏麗風情，所以我心情比上次好多了。

小草請我看電影。片子卻是十年前的復刻版舊片，而且是愛情片。

進場前，他買了爆米花和可樂。還特別指名要草莓口味的爆米花。

年紀輕輕卻愛看舊片、練出一身肌肉爆米花卻偏愛小女生的口味？

然後就依他下單寫明的期待，讓他挽著手臂，我靠在他肩上，併肩走進戲院。

放映前我們閒聊了幾句。他說他在上市電子公司擔任系統工程師，平日裡的生活就是用命換錢，遇到業務旺季更是爆肝在拼，錢賺得快，心靈枯竭的速度跟賺錢一樣快。「我曾經連續兩個禮拜每天只睡四小時，女友還打電話來要我陪她逛街看電影。結果累到電影一開演，我就睡死了。哈哈。」

「那你跟我約會，不怕被你女友知道？」

「我被掃地阿桑叫醒時，她已經不見人影了。那是我最後一次跟她約會。」

「……也是看這個片子？」

「唔。」

瞭解。原來前女友嫌他沒時間陪伴。

電影開始播放。他手伸過來握住我的手。這是下單時約好的條件之一。

片中男主角因為父母離婚，跟著父親生活。但父親因病過世，母親改嫁不願接他回家，只好半工半讀長大，考上藝術學院修習美術。某天在常去的咖啡店裡邂逅女主角，相愛的兩人進而同居，但男主角不敢給女主角承諾，因為他發現自己也罹患了跟父親一樣的遺傳疾病，而且已是末期。像老文藝愛情片一樣，男主角多次故意找砸氣走女主角，希望女主角另覓健康的男友能照顧她的未來。但偶然機會下女主角發現了男主角的用心，回來找他希望復合，卻發現他已孤獨地病死在房間裡多天。女主角在幫男主角處理完後事，因傷心欲絕，也選擇在同一個房間裡燒炭自殺，期待在黃泉路上追隨心愛的人的腳步……

男主角很帥、女主角很美，劇情就是很一般的偶像劇。中途我敬業地忍住呵欠好幾次，不覺得刻意營造出的悲傷氣氛有什麼感人的。

但為何我手心卻溼到可以灌溉二期稻作紓解旱象？

觀影過程中，除了手部肌肉傳來陣陣微小顫抖外，他沒有再開口說話。整整一個多小時裡，他不斷流著汗的手始終緊緊牽著我，最後我還察覺他好像抖著肩在啜泣。

這麼個大肌猛男卻如此感情豐沛，也未免太突兀。也許他選擇找契約情人重溫舊夢，是想彌補當年沒時間好好陪伴前女友的遺憾，而執著於牽手，應該是對牽手感覺有著無法忘懷的連結吧。

步出戲院，我問：「她應該是個很溫柔的人吧？」

他不敢直視我，長吁了一聲，開始述說前女友。我靜靜聽著，只在他說完時，回應說：「為了健康和生活品質，我覺得你賺得差不多了就該換工作，這樣才能把那些不愉快留在過去，找到下一個真正愛你的女孩。」

他聽了終於將臉轉向我：「聽妳這樣說，我心情好多了。」

「為什麼十年了都沒有再找另一個女孩交往看看？」

「還是那句話。太忙了。」

「聽你說前女友的樣子和個性，我覺得她很像我們店裡另一個女生。」

「喔？」

「她的暱稱是喵喵。編號0414。」

「妳跟網站上登記的照片不太像。該不會妳才是喵喵？」

「我們女孩子會擔心下單的人萬一是變態來騷擾，總是會把照片美修一下，你上網看，喵喵跟我長得不同型。別誤會，如果你喜歡我的服務，以後還是希望你給我下單，只是喵喵遇到客戶的要求都比較戀態，她能接的單少……」

「幫好友拼業績？想不到妳本人比照片好看，還很好心。」

不是好心是好慌。事實上我根本不知道喵喵是誰，幫她拼業績的是我上司文石。

文石覺得可疑的第三個對象暱稱修士。如壯洋、小草般，文石也投了許多訊息在他的專屬網頁上希望能釣出他對「鈴鈴」下單，但這傢伙好像都沒再上線。

第四個可疑對象暱稱紳士。文石又交給我一套服裝。

「為什麼不能穿自己喜歡的衣服去赴約啊？」看著手中超普通的連身裙裝，我終於忍不住抱怨。

「因為陳佳凝就是這個打扮去赴約的。」他把電腦轉向我。

在臉書上有張陳佳凝的照片，日期與她在愛情專賣店個人網頁的訂單紀錄裡紳士下單的日期為同一天。

這下子我明白文石在查什麼了。

陳佳凝也是愛情專賣店的派遣員之一。我瞄了一眼，她的暱稱是寧寧。也就是由鈴鈴釣出先前曾與寧寧約會、且可能與陳佳凝的死有關的人。

紳士開輛黑色轎車來約定地點。上了車，發現他是個濃眉大眼、蓄著小鬍子的帥哥。約定時數三小時，期待服務內容是陪伴到海邊看日落、聊天。簡單任務。

車子往淡水方向行駛。在車上我隨意聊著天，等紅燈時他看了我好幾眼。直覺告訴我他對我很有好感。

在夕陽的餘暉中我陪他散步，聽他說著工作上的事，敬業地裝出聆聽模樣，心裡思忖到底是誰把陳佳凝推下樓的……那個理工宅男壯洋？貌似深情的猛男小草？還是身邊這個滿口生意經的小鬍子？

「給約嗎？」就在約會即將結束的車上，他忽然將手放在我大腿上這樣問。

我愣了三秒，意會過來發生什麼事，立即撥掉他的手：「對不起，請尊重契約約定！」

他扯扯嘴角，露出不以為然的笑意。「妳只收時數費，還要讓平台抽成，怎麼吃得飽。」

「我另外有工作。不愁。」

「我出得起十倍的價錢。一晚。」

「你搞錯對象。我不是援交妹、也不是伴遊小姐。」

他覺得我在假仙，又伸手摸過來：「妳時數費的二十倍？」

我閃過，冷回：「不幹。你如果不送我回去，我自己——」話還沒說完，他整個人撲上來壓住就想強要！我左手舉起架擋他的頸部、右手立即拉開門鎖想要閃下車，不料他居然抓住我肩頭、嘴就要湊上來。我轉過頭放聲尖叫：「滾開！」，並握拳打算往他鼻子反擊。豈知一個黑影在眼角閃現，一把將我拖出車，另外一拳就往他臉上招呼下去，重擊得他的嘴裡噴出唾沫慘叫一聲。

還沒回過神，我就被那黑影拖著往停車場的另一邊快步離開。背後傳來那個色鬼怒罵：「我一定上網給妳負評！臭婊子！」

「我一定讓你被除名！賤人！」我也返頭嗆聲。

我被推進小白的副駕駛座，切齒嗔怒道：「你拉我幹嘛！我正要開打耶！」

文石踩下油門：「我們是來查誰跟陳佳凝的死有關，不是來打色狼的。」

「還查什麼，就是這傢伙！一定是他玷污民女，擔心東窗事發殺人滅口！」

「若是如此，法醫不可能沒發現任何外傷吧。而且，相驗報告沒記載死者體內驗出男性分泌物。」

「那他逼姦未遂，惱羞成怒，失手推人下樓！」

「也沒必要約陳佳凝到一個陌生的大樓樓頂、再把她推下來這麼麻煩吧。」

「你到底幫誰呀！」

「我沒要幫誰，只是想查明事實。」

「那你拉我幹嘛，不讓我搥死他！」

「我就說這工作很危險，妳卻說好玩硬要摻一角，現在卻氣得半死。」

他這麼一說，我就萎氣了：「是、是很好玩啊，真實版的cosplay，機會難得。」

「為了安全，妳調查就到此為止吧。」

「啊，不要啦，你不是說還有兩個可疑體驗者？」

「我再想其他辦法。」

「你想要找那個喵喵代替我？不然老叫我幫她行銷是怎麼回事。」

「我有我的計畫。反正底線是不能讓妳犯險，不然妳怎麼跟妳父母交代？」

「反、反正你不是都在旁邊看著，能有什麼危險。」講到父母我就消風了。

「剛才幸好他車還沒開動，如果是在行車中發生，我怎麼救？」

「欸，我學過跆拳道的，哪需要你救。」我比了個劈砍的手勢：「如果不是你拉開我，他早被打成豬頭了！所以事實上你救的是他。」

文石翻了個白眼，不想作聲。我聳聳肩，望著夜幕低垂下的台北街景：「所以，陳佳凝下班後是兼職愛情派遣員，這也解釋了她為什麼買得起房裡那些昂貴的包包、服飾。」

「可能是。」

「就是！而且說不定因此認識了哪個富二代被包養了。」

「也可能是。」

「什麼叫也可能是，你不是有神鬼一般的推理頭腦嗎？」

「誰跟妳講的？我是神經病辦案、見鬼般的推理好嗎。」
「想不到你人怪，但謙虛。」
「不然她買包包鞋子時，妳有在場看到她拿誰的錢買的？」
「這是合理的推論。」
「證據呢？」
「……」

第五話

文石說的沒錯。就算推論正確，若沒證據，一樣無法為陳佳凝討公道。

可是因為遇到假紳士居然就不讓我參與後續調查，害我萎靡乏力好幾天。

為了提振行政效率、對抗無聊的文書工作，之後幾天我總趁他不在時，假藉幫他整理文件之名，溜進辦公室偷看他電腦。

他果然找那個甜妹子喵喵幫他釣暱稱修士的那個男生。因為在修士的個人會員網頁上有喵喵的留言，內容和鈴鈴的留言類似：「我閨蜜說你人很好，希望有機會為你服務。」、「我閨蜜叫寧寧。」

但修士都未再有上線紀錄。

如果只是這樣，那還不簡單。我用自己的帳號以鈴鈴的名義，發訊息給暱稱賈厚斯的男生。文石先前說他是第五個可疑對象。

「寧寧是我閨蜜，她說你人很好，希望有機會為你服務。」

想不到訊息才送出十幾分鐘，對方就下單了，期待我能扮演他的女友、跟他回家見父母。這要求聽來沒什麼危險性，所以我按下接單的同意鍵。

很多人到了適婚年紀卻總是單身回家過節，遇到長輩問東問西、親戚指指點點，很給壓力。有的人甚至逢年過節找藉口不回家，以免又為了單身與父母發生口角，但有的人為了應付這種親情壓力，索性花錢找個契約情人回家過節虛與委蛇一番，也是另類悲哀。

賈厚斯的父母見他帶我回家，臉上堆滿笑容。對於我的甜嘴問安、帶了名產伴手、用餐後還搶著到廚房幫忙收拾洗碗，顯然都很滿意。

中途他媽媽跑出廚房去接電話。我邊擦碟子，邊聽著他爸在客廳小聲嘟囔：「這個女孩真不錯……可是，上次你帶回來那個叫什麼寧的呢？」

「分手了。」

「唉。有對象固然很好，但也要好好對待人家，總是換對象也不太好。」

「哪有總是換對象……」

「今年你已經帶回來三個女孩了。小鈴是第四個了呢。」

「別再唸啦，我都已經四十多歲了，又只是個領死薪水的上班族，有女孩願意跟我交往已經偷笑了。」

「……」

賈厚斯的父母都已髮鬢斑白、花甲高邁，三個兒子居然都還是單身，話語間不時流露出遺憾與無奈。

晚餐結束後，面對他父母殷切期盼我能再次來家裡玩的神情，我心裡湧起一小陣罪惡感。雖然只是單純契約交易，但對於他的雙親而言，我的女友身分畢竟是建立在謊言之上。

返家途中，我問：「你爸爸好像對寧寧很滿意？」

「畢竟是假女友，滿意也沒什麼意義。」他冷冷道。

「我的意思是，如果寧寧很得你父母歡心，為什麼你不再對她下單，否則你爸似乎覺得你常換女友很奇怪。」

「其實我很喜歡寧寧。但她說她已經有喜歡的人了。」

「被她拒絕了嗎？」

「妳不是她閨蜜嗎。她喜歡的人是什麼類型？」

我聽了覺得有異，停下腳步：「意思是……你真的喜歡上寧寧了？」

「我說的喜歡不是針對她的服務，是針對她這個人。」

喔唷，對契約情人動真感情了……我壓下心中的震撼：「可是，就我所知，她並沒有男友啊。」

「所以，她是怕與契約對象發生感情，拒絕我的表白？」

「你已經對她告白了？」

「還送了她好多禮物。」

難怪她房裡有這麼多鞋子、包包，原來是許多體驗者為了討好她而送的呀。

我們繼續往車站前行。我忍不住瞥了身旁這個大叔一眼，在外漂泊的疲累、千篇一律的工作，讓他耳邊的白鬢恣意亂竄。我們這些北漂族真的活得不容易。

「所以你曾跟她約會過，呃，我是說私下、沒透過契約平台的約會？」

「幾次。我不明白她既然不喜歡我，為何還答應我的約會。」

「難道你身邊都沒有讓你動心的女孩……」

「我工作單位的同事大多是男生，少部分女性同事都已婚了。」

「……你會覺得，寧寧是個愛慕虛榮的女孩？」

「不至於虛榮。但，也許現在都市裡女孩的價值觀都是這樣。」

「怎樣？」

「趁還年輕、趁有人追時，儘量享受被人喜愛的感覺。」

我無力反駁。一直到進入車站買完車票，都沒有再跟他交談。

衝擊我思緒的是，興許陳佳凝不是我原先以為的那個陳佳凝。

在從台南返回台北的高鐵車廂裡，我拿出手機，隨意點選著。

欸！手機出現的畫面讓我忍不住低喚出聲。看賈厚斯，他已歪著頭睡死了。

修士上線了。而且還對喵喵下單了。

次日上班，事務所收到地檢署寄來字號「偵續」的出庭通知書。

這表示高檢署審查文石為張玉娟所提出的再議聲請狀之後，結果是撤銷原不起訴處分，發回地檢署重新偵查。

聲請再議狀指摘原不起訴處分有偵查未完備的地方共有十點，但文石認為其中最有可能被高檢署採取的有三點。首先，遺書的字跡潦草，且是用口紅塗寫，是否確為死者輕生前所寫？事關其跳樓是否出於自殺，自應詳加調查確認，不應當然認為出於死者之手。

其次，告訴人張玉娟既已再三陳明死者生前開朗活潑，沒有自殺動機，則死者從高樓墜落之原因為何？若確實是出於輕生，是受有何種鉅大刺激或罹患憂鬱症所致？若是後者，有無就醫紀錄可查？原檢察官均未詳究，失之草率。

再者，被告丁博瀚於案發當晚的行蹤，固然有警方蒐集餐廳、超商、咖啡店等地的監視器錄影檔，作為其曾出現在所述地點的不在場證明，但此僅能證明定點時間的行蹤，無法證明連續行蹤。換言之，被告在離開餐廳後、抵達超商前的時間空檔，前往吉揚大樓下手；或在超商為遊戲卡充值後，先前往吉揚大樓行凶，才去咖啡店買咖啡，並非絕無可能。

跟張玉娟報告這個好消息，她在電話那端直喊神明顯靈了、神明保佑呀。

「我可不認為能發回續查是神明的功勞，」開庭前一天在茶水間倒茶時，遇到進來翻冰箱的白琳，聊到這個案子時我不以為然地說：「是文石抓對了不起訴處分的缺失，才能說服高檢署撤銷發回的吧。」

白琳抓了一顆蜜餞放進口中：「發回後承辦續偵的檢察官是哪位？」

「好像是侯什麼人的……啊，是侯廣人。」

「是他喔……」白琳怔了怔，表情看來不妙。我擔心地問：「怎麼了嗎？」

「我只能說，加油。」

「妳說一下嘛，到底這個檢察官是怎樣？」

「那妳別說出去。」她壓低了聲音：「他辦案品質不行，又很注重辦案成績。」

「他辦案成績很不好？」

「跟詹兆叔一樣，都很好，升主任檢察官的候選名單裡一定有他們。」

「不是，妳講的每個字我都懂，可是整段話怎麼卻聽不明白。」我焦躁起來：「成績好到可以升主任檢察官了，辦案品質卻不行，這不矛盾嗎？」

「哪矛盾了？這不過是檢察體系裡的尋常貓膩而已。」

「什麼貓膩？」

「就是——」她正要說，老闆林律師突然探頭進來：「我要去律師公會開會了。門口怎麼都沒人顧？」嚇得我們趕緊溜出茶水間，原來小蓉去法院遞狀了。我等林律師出門後還想找白琳問清楚，但她約談的當事人來了，只好做罷。

這事很不讓人省心，我趁隙說給忙進忙出的文石聽。他盯著電梯的數字燈：「那該怎麼辦，不能以檢察官辦案注重成績就聲請迴避吧。」

望著他擠進電梯人群裡的身影，我有種不祥的感覺。

第二天藉著去法院送狀的機會，順便拐到地檢署去。才到偵查庭走廊，就聽到法警在點呼張玉娟與文石的叫聲。

因為偵查不公開，所以我只能在走廊的等候區徘徊。

約莫半小時訊問結束，偵查庭的門被打開。出來的倆人臉色非常難看。

因為還有其他案件要出庭，文石瞥見我，要我順道送當事人去捷運站。

在開車去捷運站的途中，張玉娟描述了出庭的情形。

「告訴代理人文律師，你們控告丁博瀚的理由為何？」檢察官侯廣人翻了翻手上的卷宗，皺著眉問。

「基於下列理由。第一，被告是被害人陳佳凝死亡前最後——」

「先不要說陳佳凝是被害人，她是被害還是自殺還不確定吧。」檢察官打斷文石的陳述道。

「好，那我稱陳佳凝為死者。告訴人認為死者墜樓前是赴被告的約才前往案發地點，也就是說，他應該是死者生前最後在一起的人——」

「那也不能認為被告就一定把死者推下大樓呀，也許兩人發生口角衝突，死者一時想不開衝動之下跳樓，也不能認為他就犯了殺人罪吧。」

「我女兒不可能只因為跟人吵架就跳樓！」張玉娟插嘴：「還有，為什麼今天只有我們來出庭，被告卻可以不來出庭？」

「這裡是偵查庭，不是法院審理庭，我們會視案情需要決定是否隔離偵訊。」

「萬一他逃亡了怎麼辦？」

檢察官不耐煩反問：「他目前罪嫌不足，逃亡幹嘛，此地無銀三百兩嗎？」

「對不起，我的當事人法律知識比較不足——」

「她法律知識不足我可以理解，你身為律師，難道不知道罪疑唯輕嗎。今天就算你們的質疑都是事實，還是欠缺直接證據證明死者是遭被告推下樓的吧。」

「認定犯罪事實的證據應該不以直接證據為限，就算是綜合各種間接證據，本於推理作用為認定事實的基礎——」

「我知道最高法院的判例，不必你教我！我再問一次，有何證據證明被告下手行凶殺害死者？已經提出在卷的證據及陳述我都看過，就不必重複說了。」

「請問檢座大人，到底要什麼證據您才會認定被告涉嫌重大？」張玉娟又插嘴問。

「像是有無監視器或行車紀錄器的錄影檔？要拍到有把死者推下樓的喔。」

張玉娟愣住：「我去找過，大樓管理員說他們的監視器壞了好久，因為管委會改選被住戶踢爆原來的主委作票，還在打民事官司，所以總幹事不敢動用經費找廠商修理。」

「那就是沒有囉？」

「但是我在大樓對面的商家騎樓下找到一個監視器，拍到被告的車子在案發時出現在大樓附近。」文石搶道，將錄影檔燒成的光碟片庭呈當做證據。

「有拍到被告和死者一起下車、進入大樓？」

「監視器角度問題，只有拍到被告從車上下來，沒法拍到畫面以外的情形。但時間上足以證明所謂被告的不在場證明，有漏洞存在。」

「人的記憶有時無法那麼周全完整，也是可以理解的。」

「至少請檢察官再予詳查，為何被告在訊問時會漏掉曾去吉揚大樓附近的部分，真是出於記憶不全，還是出於故意隱瞞。」

「我們會看過這個光碟後，再向被告查證。」

「另外，請求傳訊證人林小晶，證明案發當晚被告曾在案發現場出現。」文石遞交記載有證人資料的調查證據聲請狀。

「這位證人為何可以證明？」檢察官將調查證據聲請狀翻了翻，問。

「她是吉揚大樓的住戶，案發當晚，無意間曾與被告搭同一部電梯上樓。」

他將調查證據聲請狀交給書記官附卷，又問：「對於在案發現場發現死者所留下的遺書，有何意見？」

「遺書的字跡潦草，且是用口紅塗寫，完全無法辨識是否為死者的字跡。」

「那我下次傳被告來，比對看看是否是他的字跡。」

「字跡是用口紅塗寫，恐怕無法比對。」

「那就送鑑定嘛。」

「若是故意塗寫得歪斜潦草，恐怕也鑑定不出來。」

「如果是為了製造死者自殺假象，理應模仿死者的筆跡才對，怎麼會故意歪斜潦草，這樣不是矛盾嗎？」

「不能排除是基於讓人誤以為死者是在心灰意冷情形下，在女兒牆或隨身包上類此不平整的地方所寫的故意。」

檢察官微怔，顯然沒有想到這種可能性，盯著電腦螢幕見書記官筆錄記載告一段落，又換問題：「告訴人，妳女兒生前有無罹患憂鬱方面的疾病？」

「沒有。」張玉娟立即堅絕回答。

「妳在警詢時說，她平常在台北市工作？」

「對，她平常自己在外租屋，可是放假了會回桃園跟我同住。」

「那妳如何確定她沒有憂鬱方面的疾病？」

「我……我從沒見過她有這方面症狀呀。」

檢察官見文石又要幫張玉娟說些什麼，舉手制止：「憂鬱症的症狀一般人未必有能力察覺吧。我先去健保局調她的就醫紀錄了解一下再說。」

文石改變方向：「另外，我們有前往死者的租屋處調查，發現——」

「律師等一下，」檢察官瞄了壁上的時鐘：「時間關係，我們後面還有好幾件要查，還有什麼意見或證據要查，請具狀進來好了。等書記官把筆錄印出來你們簽名後就可以回去了。法警，點呼下一件的當事人進來。」

「這就是剛才出庭的經過。」將張玉娟送到捷運站外，臨下車前，她忍不住問：「沈小姐，我記得文律師說過，檢察官就是公訴人，職責是摘奸發伏，為被害人追訴被告的罪責，對吧？」

「嗯，是啊。」

「但剛剛我怎麼覺得，那個檢察官問案的態度好像他是被告的辯護人？」

還用妳說，我也有同感啊！但擔心這麼說會影響她對文石的信心，只好把撤幹譙的話吞了下去：「其實檢察官辦案也應遵守罪刑法定及無罪推定原則。」

「什麼意思？」

「就是對於被告有利及不利的事實，都要蒐證調查，以免冤枉了當事人。」

「可是他還沒調查，就一直幫被告找理由，這樣對嗎？」

對個鬼啊！我努力嚥下口水：「呃，也許那是丁博瀚的律師先前提出的答辯，檢察官要查證一下哪邊當事人說的是事實吧。」

「是喔……」

見她半信半疑地下了車。我長吁了口氣，把車迴轉駛向事務所。

才進事務所，就見許律師站在我座位前。他見我回來，遞給我一支手機：「我剛剛從法院回來。律師公會的事務員說這是文律師遺落在公會休息室的桌上，請我幫他帶回來。」

「謝謝。」我接過手機。這個文旦居然也有粗心的時候，真是。

落座後，想起某件事。我趁四下無人，滑開文石的手機。

果然，在Line裡有喵喵給他的回訊。時間是晚上七點。地點在東區。

五點半打卡鐘聲響，我連忙收拾東西。離開前文石還在辦公室。

直接殺到東區，但因塞車，停好車衝到那家餐廳頭時，已經快七點了。

餐廳裡燈光柔和，放著輕音樂，客人並不多，很有約會氣氛。

雖然不認識修士，但至少看過喵喵的照片。我無視服務生訝異的目光，在店裡逛了一圈，沒見到她身影。

我選了靠近門口的位子，以便緊盯每個進來的女生。

等到七點半了都還沒見出現，就在我低頭嗑著義大利麵時，耳邊聽到有男聲說：「這是寧寧說的？」

寧寧？我抬頭循聲，交談是來自身後的座位。

「是她告訴我的。」

「……」

「她說如果她發生什麼意外，一定不是自殺。」

「……她什麼意思？」

「意思是，她擔心有人要害她。」

「妳在說什麼……這跟我有什麼關係？」

「她給我的錄影檔裡，好像有看到你。」

「……她到底想幹什麼，為什麼跟我約會，還要偷錄影？」

「可能想保護自己吧，你知道，我們做派遣員的，有時會遇到一些變態的男人——當然不包括你，你看起來就是好人，呵呵。」

「妳現在也偷錄影？」

「我穿這樣隱藏型攝像鏡頭能藏在哪裡？我的包包你也可以檢查。」

「……照妳的說法，原來她就懷疑幾個體驗者，我也是其中一個？」

「好像是這個意思。」

「那現在妳打算怎麼辦？」

「看看囉。看誰需要，我就賣給他。」

「賣？」

「如果不是薪水太少，誰會冒著危險跟素未謀面的男人約會呀，派遣員的鐘點費還要被平台抽成。我們這行很辛苦的。」

「要賣給誰？」

「錄影檔裡有五個寧寧懷疑的男生。」

「所以妳才故意在我的網頁上留言……其實是想向我兜售？」

「你要買嗎？」

「她的死跟我又沒關係，買那種東西幹嘛。」

「也是。那我再約其他人好了。」

「我很好奇，如果他們都不買，妳要怎麼辦？」

「聽說她媽媽對她的自殺非常不能接受，找了個律師在打官司。也許律師會有興趣。」

「是喔……」

「賣給律師的話，也許能出比較高的價錢。咦，你的牛排怎麼剩這麼多，快吃吧，冷了就不好吃了。」

對話中斷，也許兩人正在進食。那女的聲音嬌俏，說話卻令人膽顫，顯然是不知天高地厚只想藉閨蜜可疑死因撈一筆的天兵！既然有這個錄影檔，為什麼不直接提供給文石——不對，她不是陳佳凝的閨蜜！陳佳凝或許天真到視她為閨蜜，在感受到自己生命有危險時把與可疑者約會的錄影檔交給她保管，目的在萬一遭遇不測時有線索可查甚至用以保命，但這個喵喵根本沒義氣只想海撈，居然還直接向容疑者兜售！

也對，畢竟同行相忌，死了一個受歡迎的就少了個競爭者嘛，可以理解。但文旦也是識人不清，居然找這女的幫忙調查，殊不知是養老鼠咬布袋，準是被她美色迷惑的結果！唉，男人。

身後座位又開始交談，那個應該是「修士」的男聲說：「如果那個律師……」這時幾個珠光寶氣的婦人推門進來，嘻嘻哈哈嘰哩呱啦吵死人，完全糟蹋了餐廳的氣氛也掩蓋了喵喵和修士的交談聲。我連忙起身，到櫃檯討了溼手巾，再以月球漫步的速度經過我座位後方……

果然是照片上那個喵喵！垂瀑烏髮下是標緻秀麗的臉龐，明眸皓齒搭上甜美無害的笑意；粉色雕花蕾絲袖領綁帶雪紡上衣、收腰傘擺修身長裙、藍色魚口藤編楔型涼鞋與藍色髮帶，搭配一整個青春無敵。

而那個修士……居然是丁博瀚！

「……只是拍到跟她約會，她又是愛情專賣店的派遣員，這能證明什麼？」

「噓！」她伸直天藍色蔻丹的食指，放在唇前；「五個檔案是跟男生約會時拍的。一個檔案我看不懂，最後一個檔案是寧寧自拍。」

「看不懂妳還當做寶在賣？」

她促狹地掩嘴嬌笑：「她自拍的那個檔案有解釋，就懂了。」

丁博瀚察覺身邊有個詭異身形緩慢移動，投來詢問眼神，我只得趕緊閃回自己座位。之後的交談就被旁邊那群三姑六婆的喧笑蓋住，無法再偷聽清楚了。

直至瞄見丁博瀚招手、將信用卡交給過來的服務生時，我只好起身裝作在觀賞店內裝潢般往適當位置移動，悄悄舉起手機朝他倆快速拍了幾張。

第六話

丁博瀚結完帳，與喵喵出了餐廳，兩人走到停車場上了一輛積架跑車。記得他下單的條件是重溫與初戀女友的第一次約會，包括吃西餐與上山看星星。我開著車跟在後頭，期待能上陽明山的擎天崗看好戲。

殊不料前方跑車開到捷運劍潭站，就在路邊把喵喵放下了。

望著丁博瀚揚長而去的跑車、與喵喵走進捷運站的背影，我怔了幾秒，嘴角不禁抽了抽想笑：準是剛才吃飯時講錄影檔案的事搞壞氣氛，丁博瀚沒心情看星星了。這個天兵喵喵，看妳怎麼跟文石交代。

文旦呀文旦，比較起來，你的助理多機智伶巧啊。

「看來你所託非人，喵喵任務失敗，而且她是剝皮妹，小心她要剝你皮了。」看我多好心，下班了還傳簡訊關心他。

幾分鐘後他回訊：「為什麼妳知道喵喵的任務？」

「因為我是沈鈴芝。」

「妳又偷看我手機。」

「是關心案件進度。喵喵手中有關鍵證據，想辦法要她交出來。」文石讀了沒回，想必震撼又意外：早知如此，直接釣喵喵就好，搞什麼跟五個可疑男子約會這麼累。

之後為了協助白琳律師處理一件公司合併案，我每天深陷一大堆契約文件財務報表裡，忙得昏天暗地，無暇再管陳佳凝的案子；只是不時瞟見文石在辦公室裡焦躁踱步、或快步進出事務所。

直到半個月後某天傍晚，我抱著文件卷宗進他辦公室，發現他桌上散落著許多組裝模型的材料和膠水，一個搭好骨架的半成品放在角落。我靠近細瞧，看不太出來模型完成後會長什麼樣子。

檔案櫃上還放著一台紅色小玩具車，與一個身著紅衣的小女孩公仔。

是怎樣，工作太繁忙，迷上做模型、蒐集公仔抒壓嗎？

我拉開檔案櫃的抽屜，將卷宗放進去。這時身後傳來文石的腳步聲。

「下午不是沒有要出庭的案子嗎？」他外套胳膊部位有破損與白色塵土，頭髮被風吹得歪向一邊。

「我去騎車，不是去出庭。」手指在頭上快速抓幾抓，髮就順直了。「居然騎上山，快累死。」

「騎車？陳佳凝的案子忙完了嗎？」

「差不多了。」

「什麼新發現？」

「和她約會的體驗者中，有人認識丁博瀚。我跟蹤丁博瀚，他喜歡玩越野機車，想不到還騎到山上去溯野溪。」

「你就摔車了？」

「人摔死都沒關係，手機可不能摔壞。」他拿出手機，點開一張照片。

幾個男的身穿運動勁裝，站在一排越野機車旁，開心比出勝利手勢。

顯然是越野機車同好會或俱樂部之類的活動。想必為了查案，他也不惜投下重本報名成為會員了吧。我仔細端詳：「咦，你看起來蠻帥的嘛。」

「妳沒看到其中還有誰？」

「啊！這個是壯洋！」我指著照片上與丁博瀚勾肩搭背的高個子：「上次我跟他約過會呀！」

「嗯哼。把所有疑點和蒐集到的證據都具狀呈送出去，只要檢察官花點心思查問，就會發現這個案子不是表面那麼簡單。」

文石說，經與重機同好會的成員聊天得知，壯洋本名莊啟揚，與丁博瀚是大學同學，兩人一同報名加入同好會，活動時看得出來交情頗好。

次日一大早我進事務所時，桌上已放著一份調查證據聲請狀。上面貼著一張便利貼紙：「請馬上送進地檢署」。

打開來快速看完，熱血流竄全身，我立馬抓起鑰匙衝進電梯。文石應是熬夜將所蒐集到的證據與疑點都寫進這份書狀，看過內容就覺得非翻案不可了。

當收狀窗口人員將收狀章戳蓋在狀子繕本上時，我都還覺得翻案有望。

步出地檢署時白琳在身後喚我。她來法院辦事，說剛好搭我車回事務所。

在路上她問我陳佳凝的案子有無進度。我說了發回續偵後的情形，還抱怨怎麼到現在只開一次庭。她掐指一算，說大事不妙。

「呃？怎麼了？」

「距離上次出庭有一段時間了吧。而且，現在已經快到年底了。」

「那，怎樣？」

「年底法院和地檢署都要成績管考了，有點讓人擔心。」

「蛤？成績管考……不是更應該趕快認真查案嗎？」

「趕快是真的，認真與否就不知道了。」

「什、什麼意思啊？」

「沒什麼。看妳和小石這麼熱血，就覺得司法很有希望。」

看她似乎不想再繼續說下去，而且轉移話題聊起最近的秋冬新款服飾，我只得打住心中的困惑。

回到事務所，整理從管理員交來今天收到的郵件。拆開一封地檢署寄來的公文時，不由得啊的慘叫出聲，震驚到眼珠快掉出來……

陳佳凝案第二次的不起訴處分書！

「阿芝，那個當事人怎麼回事，這麼生氣啊？」小蓉經過文石的辦公室時聽到裡頭傳來高亢的指責聲，一臉餘悸地問。

「陳佳凝的媽媽。案子又被不起訴處分。」

「怎麼會呢，不是說有希望嗎？」

「檢察官急著結案，來不及調查我們提出的疑點和證據。」

「急什麼呢？」

「急著升官。」

「蛤？」

這時文石辦公室的門猛然被打開，張玉娟怒氣沖沖地快步走出來。

她經過座位時我頭都不敢抬起來，只能裝作很努力打電腦的樣子。

處分書上記載檢察官不起訴的理由：首先是調取了陳佳凝的健保就醫資料，陳佳凝生前並無到精神科就診紀錄，所以認定死者墜樓應是出於不明原因的心理壓力或重大打擊。

其次，告訴代理人雖提出大樓對街商家的監視器錄影，證明被告丁博瀚案發前曾出現在吉揚大樓前，但無任何監視器錄影或其他證據足以證明案發當時，被告丁博瀚在墜樓現場的大樓樓頂出現。

再者，依告訴代理人的聲請，傳訊了證人林小晶。林小晶雖證稱在案發當晚於大樓電梯內曾見過被告，但表示不認識被告。且案發日與林小晶接受檢察官訊問已相距一段時日，林小晶能否精確辨認當晚僅在電梯內一面之緣的男子，就是素昧平生的被告，實有可疑，故不能憑其證言即認為被告在場。

另外，將死者遺書與其生前留在公司業務上文書字跡，囑託鑑定調查局比對的結果，鑑定人認為「該遺書上的字跡與其他比對文書上的字跡類似，不能排除是出於同一人之手」，所以告訴代理人關於遺書是出於被告下手後偽造的質疑，無法證明。

每一點理由看起來都有道理，但細想卻怎麼都覺得不對勁。

證人林小晶的證言，只因距離案發日經過幾個月時間，就認為有可能出於誤認或無法精確指述，那如果案發後檢警立即發動調查，不就可以取得更明確的指證？拖延至今才由被害人方面委請律師調查，但凡因此造成證人記憶的流失及調查的困難，該由誰負責？活該由當事人承受？

特別是「字跡類似，不能排除是出於同一人之手」這種理由，算什麼鑑定？意思是說不是死者的手筆、但也不排除就是死者所寫的可能性……哈囉！遺書到底是不是出於死者所寫的啊？鑑定不出來就直說，幹嘛這樣雲山霧罩？

心想文石慘被張玉娟遷怒怪罪，心裡一定很嘔很不甘心，好歹該由身為助理的我安慰打氣一番。但我推門進去時，卻發現他正在將硬紙片小心翼翼黏在那個未完成的模型上，一派超認真。

「你還有心情玩模型喔？」

「我發覺做模型能讓人心平氣和，有療癒效果。」

「張玉娟還要再議嗎？」

「她要去找別的律師聲請再議。」

「我們就這樣揹黑鍋啊？」

他用小夾子將塗了膠水的紙片輕輕貼在骨架上：「我跟她說，我跟她一樣不放棄，會繼續查下去，到時如果需要，她還是可以來找我。」

「她怎麼說？」

「她說找牛找馬也不會找一個錯過神明恩賜機會的律師。」

「唉，人若衰，種匏仔也會生菜瓜。」

「人若衰？妳也相信了打官司必須靠運氣？」

「不是嗎，我們辛苦蒐證的努力，趕不上檢察官想升官的急。」

「不甘心，是吧？」

「當然，我和喵喵誰比較受歡迎，還沒比出個勝負吶！」

他的嘴角抽了抽：「……什麼時候有這個比賽？」

「自我要求。自我期許。」

「那好，接著我們這麼辦吧……」

第二天是星期天，我們頭戴安全帽、身穿外送員制服，提著大包小包的披薩、炸雞和珍珠奶茶進到吉揚大樓管理室。管理員見狀起身要我們登記，文石把冒著香氣的食物放在櫃檯上，開始點選手機頁面：「呃，我有七個住戶點餐、她有十個住戶點餐，那要登記哪個住戶的訪客？十七個都要登記嗎？」

管理員怔住，一時沒反應過來；另一個管理員靠過來：「這位小哥這幾天都來送餐，聽住戶說服務很好。讓他們上去吧。」

在電梯裡，我小聲問：「這幾天都來？你餐送給誰了？」

「每層樓都按電鈴，想吃的就免費送。」

「哇靠，天降神餐？」

「就說是外送平台的活動，同時給他們一張問卷，請他們對平台的服務勾選意見，我還得到特優評價哩。」

「有免費的吃，誰每個問題不填非常滿意！但你不會只為了個外送員的特優評價，就每天花錢請不認識的住戶吃外賣吧？」

「不然妳以為我先前怎麼知道林小晶遇到丁博瀚的事。」

「這幾天都來送？看來你不是只得到這個情報而已吧。」

「我一直在想，陳佳凝為什麼選擇到這裡跳樓。」

「要跳，她住的地方走出去就是陽台，很方便。」

「從愛情專賣店的下單紀錄，她應該是被丁博瀚約出來，而且從之前的線索推測兩人曾來到這裡。這個假設如果成立，那有兩個疑點要查清楚。」

我歪著頭思索了幾秒：「一是為什麼選擇這裡約會？一是丁博瀚在她跳樓時為什麼不在吉揚大樓？」

他挑了挑眉：「妳覺得第一個問題的原因會是什麼？」

門自動滑開，我邊揣想邊走出電梯：「像我跟那個小草約會，電影院對他而言是分手的關鍵地方……這個地方對丁博瀚有特別意義？」

「這當然是可能的原因之一。」

「也可能是他家就住這裡？」

「查過，不是這裡。」

我想起賈厚斯：「難道他爸媽家住這裡？」

他彈了一下手指：「雖不中亦不遠。」接著在眼前的鐵門邊上大力按下門鈴。

按得又長又久。我瞄了一眼：9樓A室。

鈴聲結束過了好一會兒，空氣中只剩安靜。

他脫下安全帽，卸下大背包，拿出灰色帽子和制服，把其中一套給我。

我才把外套穿好，他已經全套換穿完成，脖上還圍著條白色擦汗巾，從外送員變成清潔工，還去樓梯間拿出個印有清潔公司標誌的大背袋，裡頭裝滿了掃帚抹布清潔劑等雜七雜八的用具。

加快動作把擋污布圍在腰間，我壓抑驚訝：「想不到你已斜槓成這樣了？」

「這幾年為維持定罪率檢方降低起訴量讓刑事訟案變少，投入市場的律師人數年年爆量，加上法院結案依然牛步化，律師？唉，太難。」

我一邊將頭巾綁在髮上一邊問：「我看你以後多辦些民事事件吧。」

「一個民事事件有寫不完的書狀、開不完的庭，上次屏東地院那個分割共有物的案子一審就審了五年換了三個法官才結案。太難了。」

知道他沒在兼差，只是想順著我的話畫畫虎爛。但這些靠北的話我常聽事務所裡其他律師們在抱怨，不解地問：「到底法院辦案的速度應該快還是慢啊？」

「該查清真相時不能快，可以很快下判斷時不能慢。」

我還來不及消化這話的意義，他已經到走廊另一頭按下9樓B室的門鈴。

開門的婦人透過柵欄門打量我們：「找誰？」

「我們是丁太太請來打掃的清潔公司，她說鑰匙寄在您這裡可以跟您拿？」

婦人轉身，須臾拿來鑰匙：「她那間好像很久沒打掃了。」

文石接過：「謝謝。掃完我會馬上拿來還您。」

「如果按門鈴我不在，直接丟到一樓我信箱裏就可以了。」

進入A室，我睜大了眼：「你怎麼知道這戶姓丁？怎麼知道鑰匙寄在隔壁？」

「那我這幾天請這裡許多住戶吃那麼多免錢炸雞披薩，是在做公益嗎？」

「我們進來這裡要幹嘛？」

「找貓膩。」

接過他從大背袋裡取出的塑膠袋套在鞋子外、用橡皮筋綁緊，再將口罩和乳膠手套戴好。電燈一開，我忍不住瞇著眼，頓時有種穿越了時空，來到另一個平行時空的錯覺：原來的時空裡沈鈴芝是個律師助理，但在這個時空裡沈鈴芝是鑑識人員。

9樓A室是打通兩間的建物，玄關屏風後進入眼簾的是個寬廣的大客廳，天花板上吊著豪華水晶燈，地板是酒紅色大理石，黑色厚重窗簾完全隔絕日光。右手邊有個吧檯，後方酒櫃裡擺著各類名酒。幾組絨布造型沙發和掛在壁上的油畫，看來價值不菲。角落撞球檯上球與桿散放著，高爾夫球練習組旁放著高檔球具。唯一在一般家庭可見的是液晶電視，但尺寸大得嚇人，而且旁邊的立體音響與音箱市價絕對超過七位數。

「這是丁博瀚另一個家？」

「應該不是。妳覺得像一般家庭的客廳？」

「不像，以這種奢華程度和擺設看起來像……俱樂部或是招待所？」

「全程錄影吧。」

我依他所言打開手機的錄影功能。

他小心翼翼四處察看，沒有伸手碰任何物品，接著取出一個小瓶子，朝地板四處噴灑，我完全不知噴出的是什麼。

跟著他走到掛著大壁畫的牆壁後方，走道上看到三個房門。第一個房間是有著一張大牀的套房，衣櫥裡只有樣式簡單的幾件睡袍和西裝、女裝，牀頭櫃上沒有什麼東西，看起來都很像旅客入住後先出去逛夜市吃宵夜的商務旅館房間。第二個房間也大同小異，只是衣櫥裡空無一物。第三個則是一張單人床的小房間，衣櫥裡只有男生的衣物。

文石在三個房間的地板上都噴了噴小壺裡的東西，然後我們退回門口玄關，把室內的燈都關了，他再取出口袋裡預先準備的特殊手電筒。

電筒散發出紫色強光，照在地板上，整個室內氣氛變得很詭異陰森。若這時候有恰吉或安娜貝爾之類的在身後出現，我恐怕會放聲尖叫。

他可沒理這些氛圍，蹲著還彎下身子，幾乎趴在地上不知在找什麼。以蹲行的方式慢慢朝室內移動，他這模樣讓我想起有一回在動物星球頻道看到一隻想要偷襲羚羊的花豹採取匍匐前進的姿勢，頗為怪異。

但在額上汗珠快滴下來時，他又迅速抬頭讓汗珠從臉頰滑進領口時，以免滴落在地上，模樣看來又很帥。

「咦……難道……」

倏忽，他像觸電般抬起頭望向房間，低聲自言自語。

我知道這隻獵犬一定是察覺了什麼，也緊張起來，提醒自己要握緊手機，絕對不能抖。

他對身後比了個手勢。我趕緊也蹲下身，將手機接近地板。

他以蹲行方式快速往那個小房間移動，我也跟在後頭拍攝。接著他推開房門進去，然後臉幾近貼在地面仔細往裡頭瞧了瞧，起身用食指指著茶儿旁小沙發的地板，再從袋裡取出一個金屬電源盒，打開後散出綠光。

綠光之下，我終於看見有好幾個鞋印。

他迅速按了幾下快門，食指在空中再轉了個圈。我也轉身，從那幾個鞋印開始跟著他往外拍，直到窗簾邊。

然後起身，他用力拉開了厚重的窗簾。

唰的一聲，屋外日光猛然射進來，也拉開了我內心的驚悸與震撼。

直到啃完整桶炸雞才回過神來，發現自己不知何時已經回到文石的車裡。

「為什麼會這樣？怎麼辦呢？」

「呃——」文石怔怔地望著自己手中的披薩，打了個飽嗝：「對啊，還有這麼多的炸雞和披薩該怎麼辦？」

「我說的是那房間裡的情形怎麼會這樣？接下來該怎麼辦？」

他的視線沒離開放在腿上的炸雞桶：「新聞說明天有人要到市議會陳情抗議，抗議很耗體力的，應該會很餓。我們就把這些食物捐給那些抗議的民眾好了。」

「我是說，吉揚大樓的事不是單純有個女生從樓頂上跳下來這麼簡單！」

「可是珍珠奶茶送到南部去，還要保持Q彈而不爛，恐怕沒這麼簡單。」

「誰管珍奶爛不爛啊，我只知道檢警處理陳佳凝的案子超乎想像的爛！」

「很多事物沒有及時處理，擺久了就會爛，這是自然法則，不必生氣。」

「對，我說的就是有些人常為了自私的理由，常常擺爛，還害到別人！」

「自私的理由？比如說呢？」

「比如說斂財。比如說升官。」

「啊，我想起有個人很想升官。」

他發動小白的引擎，將車駛上快速道路。

半小時後，我們就坐在刑事大隊小隊長邱品智的面前。

「請我們吃炸雞和飲料？該不會是想要我提供個資給你？如果是這樣就請拿走吧。」他蹺著二郎腿，一臉輕蔑的表情瞟了文石一眼道。

「你誤會了，我沒要你提供任何個資，只是請你和你同事吃炸雞、喝飲料。」

「有這麼簡單？」他睨文石，完全不信的模樣。

「就這麼簡單。」文石端起下巴，堅定的回答。

邱品智瞅我，我立馬陪笑：「不像許多獅友輪友是大老闆，我們文律師受雇領薪水，人窮財短，只請得起炸雞珍奶。但是所謂警民一家，慰勞辛苦的警務人員，不分貴賤人人有心，是吧。」

他打開桌上的炸雞桶，滿臉狐疑地盯著香噴噴的炸雞瞧半天。我心底翻個白眼，嘴上嬌嗔：「唉唷，皇上，就讓奴婢先為您試毒吧。」說完，就拿起一塊咬了一口，做出陶醉美味的表情，並輕啟朱唇微舔，用水盈盈的大眼望著他。

他原本就對我有好感，緊抿的嘴角不由得抽了抽。

旁邊有著中年腹的大叔刑警見狀，靠過來就從桶裡抓起一塊大口啃咬：「小邱，人家美眉好心慰勞我們，你把她當詐騙集團啊？她長這麼正，又在事務所工作，搞詐騙，至於嗎？」

「你不知道啦。我不是懷疑她，是懷疑她上司。」他瞥了文石一眼。

文石聳聳肩，踱到沙發區去。我則扁著嘴，露出無辜。

其他同事聞香也紛紛溜過來拿。大叔刑警不屑地說：「以你的資歷和能力，如果還被個小律師或小妹妹騙，那你該檢討一下自己了。」

邱品智不作聲，兀自打著電腦螢幕上的公文。

「還是刑警大哥人好又帥！不像他，哼。」我一邊捧大叔、一邊偷對邱品智扮鬼臉，惹得大叔笑出來：「妳乖。」

「我提著這麼多吃的來，好累唷，能去外邊沙發區那裡休息一下嗎？」

「那裡本來就是讓民眾坐的。妳渴了還可以自己泡茶喝。」

「好咧、好咧。」我一走一跳來到文石身邊。

然後我們就開始討論陳佳凝的自殺案。聲音大到剛好可以讓邱品智聽到。

十分鐘後，眼角餘光瞄到邱品智原本在鍵盤上的手指已經停了十分鐘以上。

「是說，」尬聊差不多到一個段落，我下結論般說：「如果我們能查出真相，那不就等於偵破一件凶殺案？」

「當然是。」

「啊，可惜我不是刑警，不然偵破一件凶殺案是不是可以記大功啊？」

「不止吧，記者一圍，鎂光燈猛閃，說不定明年就升職了耶。」

文石一邊嚼著自己口袋裡掏出來的花生米，一邊倒了杯熱茶遞給我。

我啜了口，不禁皺眉。警局的便當難吃，連茶都難喝。嘖。

「怎麼了？」

「這裡的茶……還是我們事務所的紅茶好喝。」

「不是很多人都很喜歡妳泡的紅茶嗎？」

「是啊。不過以後我只泡給知道感恩圖報的人喝。」

眼角餘光瞄到邱品智的手指開始在鍵盤上跳動，須臾，開始與大叔刑警閒聊些什麼，還刻意壓低了聲音。

雖然音量剛好低到我們能聽到的程度。

我們裝模作樣談笑風生，其實都挪出一邊的耳朵聽著。

他們在討論最近南部某縣市發生的貪瀆疑案新聞，並一再提及一個名字。

第七話

康美菊。K市市議會的議長。

以擔任民意代表已逾二十年、又曾被推選為議長的資歷，在政壇上應是德高望重、在地方上應是備受敬重的人物。

但凡理論上如此，與實際上的距離，常常遠得出人意外。

在網路上一搜尋，許多負面新聞就跳出來。

五年前涉嫌以人頭充當自己所雇請的議員助理，作成助理費請領清冊，連續四個年度詐領政府公帑的助理費，被人檢舉，遭法院以偽造文書、詐欺罪判刑……

我看完新聞與判決書，氣得大罵：「已經貴為議長的人，連助理費都要貪？這是什樣的人品啊？這樣的人還能連任？選民的腦袋到底在想什麼？」

兩腿伸直，雙掌墊在腦後，文石大字型癱在椅上，口中嚼著花生米：「為什麼想要擔任議員服務人民，自己聘請助理的費用還要公帑支應？」

「對啊、對啊！為什麼？被選舉人有貪污前科，為什麼還有參選資格？」

「大哉問。可以確定的是，制度有問題。」

「制度有問題就改呀！」

「誰改？」

「立法委員呀！」

他瞟了我一眼，用眼神問我：然後呢？

可是立法委員也是民意代表，立法或修法時還要考慮政黨利益與派系鬥爭，立法委員的弊案醜聞也從沒少過，雞生蛋蛋生雞雞再生蛋這樣無限循環……我默了。

我再將視線轉回電腦螢幕。更令人瞠目結舌的新聞是，康美菊的老公是南部名醫，開設了一家醫院，居然涉嫌詐領健保費高達一千六百多萬元，被檢察官起訴並具體求刑，最後確定被判有罪……

啪！我氣到大力拍桌大罵，連滑鼠都被震得在空中跳了兩翻：「當醫師都有能力開醫院了，還要A健保的錢？」

「呃哼、呃哼、呃哼……」文石被我嚇到，花生嗆到咽喉，狂咳不已。「這有什麼好氣的，世上有誰嫌自己錢太多的。」

也是。我深呼吸，決定要冷靜。「是說，康美菊跟陳佳凝的案子有什麼關係？」

「邱品智是在告訴我們，9樓A室的屋主就是康美菊吧。」

「咦？」我愣怔了，思緒旋即流轉：「你跟隔壁的婦人說……我們是誰請來打掃A室的清潔公司人員？丁太太？」

他拾起桌上的筆指向螢幕：「先生姓丁，康美菊不就是丁太太嗎。」

我望向螢幕：「康議長的丈夫……丁錦垣！」

黃澐淨法官進入法庭時，庭務員高喊：「起立！」

「請坐。」她入座後比了個手勢，等眾人都入座後，取來報到單瞄了一眼：「被告康美菊怎麼沒出庭？」

辯護人是曹玉涔律師。她回答：「我的當事人是市議會議長，公務繁忙，事先已經具狀請假。」

「請假？我有准嗎？」法官翻了一下卷宗：「狀子昨天下午才進來法院？」

眼見法官臉色不佳，曹玉涔立即甩鍋：「市議員是民意代表，為保障其獨立行使職權、不受有心人士利用司法影響其職權行使，在開議期間依法享有不受刑事追訴的保障。」

文石立即反駁：「地方自制度法只規定，會期內非經議會同意，不得拘禁或逮捕，沒有規定不得進行刑事訴追。」

「為了防止有心人士或政敵利用刑事程序干擾議事或影響議員行使權利，理應擴充解釋包括刑事追訴在內，所以本案程序建請法院等會期結束再進行。」曹玉涔講得理直氣壯，話中還帶刺。

「曹律師，今天只是審查庭，只就程序問題進行審查，我也沒有說被告沒到庭就要拘提或逮捕吧，妳不需要激動。」

「庭上，被告好歹是堂堂議長，她根本不知道陳佳凝是誰，居然無端被訴殺人罪，顯然是政治對手利用人頭濫訴報復，實在令人髮指！請庭上明察。」

「反正我這裡只是審查庭，要判妳當事人有罪無罪也是由接下去審理的合議庭三位法官決定的，這些話日後再說吧。」

「可是浪費司法資源也該有個限度吧，我當事人一定要控告自訴人誣告！」

法官不想再理會曹玉涔的慷慨激昂，直接開始程序：「請自訴代理人陳述起訴意旨。」

文石起身陳述說，在案發當日，於台北市板橋區的吉揚大樓9樓A室，被告康美菊夥同其他兩名不知名之人，基於共同殺人之犯意，將被害人陳佳凝從陽台推下樓，致陳佳凝因顱骨破裂、全身多處骨折、血氣胸而身亡，故被告涉嫌刑法第二百七十一條的殺人罪，請法院依法審理。

我知道文石指訴的依據，是那天在吉揚大樓9樓A室的發現。

室內確實如鄰居太太所說很久沒打掃了。在UV紫外光的照射下，可看到地板上有層灰塵，雖然距案發時有段時日且灰塵分布不均，但噴上些許粉末，再用LED線性光源照射，地板上的活動足跡一覽無遺。

9樓A室是康美菊在台北的私人招待所。文石向鄰居打探結果，平常無人居住，康美菊若有北上，偶爾才會招待賓客來此休息。

不過以康美菊的權勢地位，文石大膽推測所謂招待賓客休息，事實上可能是相約喬事情。

畢竟，「不欲為人知的事」要商量，與其在容易被不特定人偷拍的飯店、或狗仔跟蹤的車上，這間私人招待所相對而言就夠隱密了。
地板上的足跡顯示，最近一次屋內打掃後，地板上有五個不同的鞋印。
倘若陳佳凝當時也在室內，另外四個鞋印就表示曾經在場的還有四個人。
陳佳凝為什麼會出現在9樓A室？同時與屋主康美菊又與陳佳凝有關係的人，就只有丁博瀚了。
只是在張玉娟控告丁博瀚的案子，檢方依丁博瀚所說的行蹤調查他的不在場明卻是成立的。假設案發當時丁博瀚確實不在場，也就是他帶陳佳凝入屋後因什麼事情又離開了，獨留陳佳凝在屋內……什麼事讓他先離開了？
未釐清這個疑點之前，四個鞋印必須先扣掉帶陳佳凝入屋、但案發當時不在屋內的丁博瀚的鞋印，這是文石指訴時只說「康美菊夥同其他二名不知名之人」的原因。但，這也只是以目前所能掌握的線索推論出來的可能事實。
該二名不知名之人是誰，仍在謎霧中隱身著。
「針對自訴人指訴被告的犯罪事實與所犯法條，辯護人有何意見？」法官問。
「被告當然否認犯罪。」曹玉涔大聲回應。
「請自訴代理人舉證。」
「詳如自訴狀證據清單所載。」
「辯護人對於自訴人的舉證有何意見？」

「審判外的陳述都否認有證據能力。」曹玉涔的語氣裡充滿不耐煩。

法官向曹玉涔一一確認各項證據的證據能力。曹玉涔臭著臉回應著。

看來若是受什麼長的當事人聘請，律師的架子就會忽然變很大，曹玉涔的態度為俗話所說狗仗人勢做了完美詮釋。

如果今天她是五院哪個院長委聘的律師，想必會直接用鼻孔對法官說話吧。

「自訴人方面除了證據清單所載傳訊證人交互詰問以外，還有什麼證據要求本院調查？」

「如開庭前所提出的調查證據聲請狀所載，請求向監理所調取車籍資料，及請求調取楠相公司最近一年內的財務資料與董事會會議記錄。」

曹玉涔語帶不滿：「這與本案的關聯性是什麼？自訴人明顯是利用自訴程序恫嚇被告或做無關聯性的蒐證！」

法官翻了卷，找到那份聲請狀：「文律師，調取證物的待證事項？」

「被告等人行兇的動機與行為分擔的態樣。」

「這是在說什麼？被告會為了一塊車牌還是一輛車就殺人？」曹玉涔起身遞交一份文件給書記官：「被告是連任多屆的市議員，案發當時擔任議長，是公職人員，並沒有投資楠相公司，該公司的財務與董事會與被告有什麼關係？又與本案有何關係哪？」

書記官將那文件轉交法官。那是楠相公司在經濟部的登記事項表，上頭記載的公司董事沒有包括康美菊在內。法官看了一下，問：「文律師？」

「庭上，這些文書證據形式上當然無法看出與待證事項的關聯，必須到審理時經由交互詰問呈現，否則會讓對造有所防備而事先串供。就此部分證據的關聯性，礙於自訴程序呈現事實與公訴程序不同，無法現在就陳明。」

「既然提到這部分的困難，就先請問你。本庭一直不解的是，本案為何不對檢察官提出告訴？檢察官手中有公權力，要為被害人調查什麼證據、要傳什麼證人都很容易，起訴時相關卷證送過院來都很齊全。你們卻提自訴，不但程序上的限制多，而且自訴人的舉證責任與公訴人相同，卻很困難不是嗎？」法官看著文石與自訴人張玉娟，揪著眉頭問道。

「庭上，自訴人張玉娟女士先前曾對懷疑的對象提出告訴，但遭檢方以罪證不足不起訴，經過兩次再議都是不起訴處分。自訴人認為檢方未盡調查能事，草率結案，所以──」文石口氣變得平和。

曹玉涔卻立即見縫插針：「庭上，本案既然曾提出告訴而且被不起訴處分，那程序上有重複追訴的問題，依刑事訴訟法第三百二十三條第一項規定──」

「該案的被告不是本案的被告，不是法律上的同一案件，沒有辯護人所說的問題。」文石起身，呈交不起訴處分書影本給法官。

「這簡直是亂槍打鳥嘛，前案告不成，就誣告本案的被告嗎？」

法官不理會曹玉涔的叫嚷，看完不起訴處分書後問：「既然因為被告並非同一人而不屬於同一案件，發現了真正的行為人後，還是可以再對真兇提出告訴不是嗎，為何卻改提自訴？」

文石以溫和卻有力的口語說：「我們當然希望檢察官能確實摘奸發伏，為被害人伸張正義，但也許是各別檢察官的心證不同，也可能是制度的問題，未必每個案件都能獲得一樣的對待，這我們無法百分之百確定；但可以確定的是，每個母親的心都是一樣的，都希望自己的女兒能平安的成長、喜樂的成家、順利成為另一個孩子的母親，所以當女兒在事前毫無徵兆情形下忽然墜樓死亡，又無法獲得司法的公平對待時，就很難期待這位母親對於現行制度運作下的慣常，還能存有什麼信心了吧。」

我想起那天張玉娟進來事務所時，手中拿著第三次不起訴處分書與高檢署駁回再議處分書的苦楚表情。先前她的遷怒情緒與惡言相向並未讓文石冷漠，反而親切招呼她，並詳細告訴她我們的調查進度。

即使她曾對文石失去信心，文石仍然沒有放棄真相一定要被查清楚的決心。

我捏緊的手心微微出汗。因為文石剛剛的陳述，無異在戳司法之弊，大多數的檢察官或法官聽了，若非肚裡發火，就是當場翻臉。

黃澐淨法官聽完怔了幾秒，不知在思索什麼，最終朝法庭後方的旁聽席上望了一眼，再轉向曹律師：「辯護人方面有何證據請求調查？」

曹玉涔立即呱啦呱啦陳述要調查的證據。不過觀察法官表情，不知在忖度什麼，還翻著檯上的六法全書，根本沒有專心在聽。

剛剛望向旁聽席，是因為想起了什麼嗎……我手心不自覺捏得更緊了。

「為什麼你要求法官調取楠相公司的財務資料啊？」

「我在網路上找了有關康美菊最近三年的新聞，發現了一件詭異的事。妳可以看一下。」他轉了方向盤，將車子開上高架路橋。

我從放在後座的公事包裡取出卷宗翻開。有一疊是從網路下載的新聞。那是好幾篇連續的報導。大抵是說在國艦國造政策下，軍方將造艦工程進行招標，其中一項巡防艦的造艦工程標案，五年前在各方看好情形下，原本以為財力、技術及經驗都非其莫屬的T造船公司竟然未得標，而是被製造鋼殼漁船起家的楠相公司標到，跌破許多人眼鏡。

楠相公司的資本規模較小、原先的造船技術專注在漁船，是否堪任軍艦的打造，引發外界諸多質疑討論。

楠相公司董事長程磐楠因而幾次對外公開談話，強調公司的大股東都宣布無底限金援公司，其他眾多金主也競相要求入股，相關技術人員也已覓得，有絕對的信心能在契約約定期限內交船。加上先前公司已將事業版圖拓展至海外，小有成就，市場因而對其籌資能力的質疑淡化，在程磐楠發表談話後，公司的股票還因此翻了好幾翻。

不料三年後，財經界突然傳出楠相公司無法按期償還銀行貸款的消息，經過多方追查，公司嚴重的財務問題終於爆發。

由於市場上傳得沸沸揚揚，聯貸的公營行庫中有人終於開了第一槍，宣告楠相公司已違約拖欠貸款未償好幾期了。

不過程磬楠似乎老神在在，面對記者的採訪完全不迴避，強調僅是資金調度問題，之後公司還發布新聞稿，保證財務體質健全，並提出資金已到位的相關文件以杜眾疑。公司的股票因而又從跌停拉到漲停。

我讀完這些報導，還是雲山霧罩：「這種新聞超平常的，原本前景看好後來經營不善的公司何止一家呢。何況楠相公司不是度過難關了嗎？這跟陳佳凝有什麼關係？」

「我會關注這些報導，最初是因為看到這個。」趁停等紅燈時，他指了其中一篇報導下方的一個連結標題：「楠相公司幕後金主相挺，財務危機暫望解決燃眉」

我將手中的資料往後翻，找到從那個連結下載的報導。

楠相公司投資巡防艦工程所需資金，除了銀行聯貸外，還包括許多民間金主借貸或投資為暗股。其中一位金主的名字讓我眼睛一亮：丁錦垣。

似乎有一群人隱身在幕後，因為什麼事而與陳佳凝的死有關聯。文石大膽假設與屋主康美菊有關，甚至直指她就是共犯之一……但地方議會議長畢竟是一方之霸，曹律師也揚言要追究誣告之責，在事實尚未清晰與許多證據尚未取得前就提出自訴，會不會太冒險了些？

「律師沒有自身的法定調查權，除了想辦法儘量查證外，不足部分只好利用法定程序了。不過，如果法官不認同就沒轍了。」

想起法官對於提起自訴的質問與曹玉涔律師的攻擊，我蹙眉：「也就是說，法官如果覺得調查這、調查那很麻煩，也可以找理由不幫自訴人查？」

「當然是。」

「為什麼最近我老覺得打官司時不時就要靠運氣啊？」

他瞥了我一眼，從口袋掏出一顆花生拋入口中，踩下了油門。

如果訴訟的勝敗取決於運氣，那會是什情況啊……

運氣好案件被分到認真的檢察官或法官手中，權益就會獲得確保。但奸狡之輩或無良歹徒的案件被分到打混的檢察官或法官手中，僥倖逃過制裁，也是因為運氣好。

相對而言，運氣不好的當事人，縱然案件是認真有經驗的檢察官偵辦或法官審理，也可能因為一時疏忽或思慮不周而誤判，後果一樣難以想像。

對於判斷錯誤的不起訴處分當然可以再議、對於法官的判決書也可以上訴救濟，但萬一當事人運氣持續低迷，上級審的高檢署或法官仍然維持原檢察官或法官的判斷呢？

尤其可怕的是，檢察官或法官有人非常主觀，在不小心誤判的情形下還非常認真寫不起訴處分書或判決書，造成上級審找不到撤銷或廢棄原判斷的理由，只好駁回當事人的再議或上訴，當事人的權益豈不是死得更快？

沉悶煩躁感襲來，讓心頭極度不舒服。幸好車子已開進事務所的大樓地下室。

下了車，我不願再繼續想下去，趕緊轉換心情：「喂，你跟喵喵買那個檔案了沒？」

「妳不是說她是剎皮妹？我買了豈不變成冤大頭。」對著不銹鋼電梯門的反映，他抓齊散亂的頭髮。

「跟她殺價呀！陳佳凝拍的檔案說不定提到了什麼重要線索或是可疑的傢伙呀！」

「妳也說說不定——」他的話戛然停滯，目光被什麼吸引。

順著視線，發現他正盯著電梯門反映出身後數十步遠的一輛黑色轎車，駕駛座上有個戴著墨鏡的男子正用單眼相機偷拍我們。

文石拋下手中的公事包，轉身就朝他衝過去！

墨鏡男立刻放下相機啟動引擎，倒車掉頭就溜了。

可疑的傢伙！

回事務所才放下包包，桌上電話就響起。

「您好。這裡是事務所。」

話筒那端是個女聲，語氣刻意壓低但聽來異常慌張：「請文律師看一下電郵信箱……我的手機不見了，恐怕……我好像被跟蹤——」話還沒說完通話就中斷了。我怔愣兩秒，瞟了電話機座上的小螢幕，並未顯示來電號碼。

我衝進文石的辦公間。聽我描述後他立即移動滑鼠，從電郵裡下載了檔案，點開瞄了幾眼，隨即將文件列印成紙本。

從未有過的凝重在臉上凝固，他起身快步奔出事務所。我也迅速回到座位上抓起包包就往外衝。

奔過兩條街，文石衝進位於小巷裡一家名為「紫羅蘭」的咖啡餐廳。跟在身後也奔進去的我，被裡頭景象嚇傻。

桌椅傾亂倒歪、吧檯附近杯殘盤破，一整個大地震過後的觸目驚心。身著白色制服的廚師小哥趴在吧檯前的地板上，臉頰和手臂上有傷，看來是被人打昏。我連忙取出手機叫救護車。

女老闆紫娟被文石從吧檯後方抱出來放在較寬敞的地板上，額頭淌著血，喚了好幾聲後才幽幽醒來。

「她呢？」

紫娟摀著頭，痛苦的皺眉，舉手指向吧檯旁的屏風後方。

文石疾步往屏風方向去。我從櫃檯後方的咖啡料理區抓了瓶冷開水，取來紙巾沾溼了按住紫娟的傷口，問她發生什麼事。

她還未開口，文石就在後頭大聲喚道：「阿芝！」

我奔向屏風後方。廚房裡的混亂不輸被炸彈轟過。

一個披頭散髮女子癱在地上，文石拚命在做心肺復甦術：「再打一次１１９！」

我一邊向指揮中心人員要求加派兩輛救護車，一邊注視那女子。她不是喵喵。

等再次回過神來，發覺我們身處醫院急診室外的走廊長椅上。剛剛那陣慌亂的搶救、扶持傷者上救護車及陪同送抵醫院的過程，真是過眼噩夢。

「那女的到底是誰？」

「記者。于靖晴。」

「到底發生什麼事？」

「妳在車上看的那些報導，是她最先去挖的獨家。」

「現在是挖到地雷了？」

「恐怕還不只一枚。」

「怎麼會讓紫娟也被殃及？」

「昨天于靖晴約我見面，說還有關於楠相公司的一些情報要提供給我。我請她今晚在紫羅蘭碰面，她卻提早在下午就來，應該是被人纏上自覺危險，想要儘快將掌握到的情報提供給我。從現場狀況來看，應該是不只一人闖進店裡要找她麻煩，紫娟和廚師小哥為了保護她出面制止，才被殃及。」

「我們現在怎麼辦？」

「是我現在怎麼辦。」

「什麼意思？」

「妳趕快回事務所，以後陳佳凝的案子妳不要碰了。」

「我不怕。」

「我賠不起。」

「賠什麼？」

「紫娟的店我得掏錢幫她復原。」

「我不會要你賠。我喜歡玩命。」

「妳爸媽會要我賠，我怕他們要我的命。」

「……」

這時電梯門開，出來的是市刑大的邱品智和苟埠禮。

瞅見我們，他倆過來坐在我們身邊：「聽醫師說那個女記者還在昏迷？」

「是。」

「我們問了女老闆，據她描述，共有三個男的進到店裡，直接往于靖晴的位子走過去，雙方說了幾句，于靖晴起身想走人，那三個男的硬攔她發生拉扯。她大聲叫救命，女老闆和廚師出面勸阻，但那些傢伙要搶于靖晴的包包，結果發生衝突。于靖晴溜到廚房躲，廚師打不過他們被K昏，女老闆被打破了頭，于靖晴則被修理到性命垂危。」

「嘖嘖，這幾年治安真是好得可以。」我下結論道。

邱品智見文石沒回應，繼續說：「店內的監視器被拔走硬碟，我們調周遭店家的監視器，確實發現三個可疑的黑衣男進出紫羅蘭。」

「這年頭如果沒有監視器，查案還真是困難唷。」我點頭道。

「問了很多鄰居，都說女老闆平常待人親切，從不跟人結怨。我們會追查這些傢伙到底是什麼背景。」

「你看看，警察真是辛苦。」我的語氣充滿欣慰。

「可是我查不出來的是，你們兩個為什麼會出現在這裡？」

「喔，我們正好要去吃飯。」

「太陽還沒下山就吃晚餐？」

「我們還在發育，餓得快。」

邱品智眼角抽了兩抽，眼珠骨碌一轉：「聽說你們和女老闆平常交情不錯？」

「是啊，我們是常客，一餓就想到她那裡去吃。」

「因為很熟識，所以要和當事人談事情，也會約在她的店裡？」

「和當事人談事情，約在事務所就可以了啊。」

「有些人還不算當事人，要談的事也不是自己的事？」

「有這種人啊？不談自己的事找律師付談話費，錢太多也不會這樣花吧。」

「比如說記者。比如說提供什麼內幕，而且說不定，是律師付錢買消息。」

半天未見文石半點反應，我已快撐不下去：「這我就不知道了。」

「妳不知道正常，文律師不知道就怪了。」他盯著文石的臉說。

文石終於將視線從窗外拉回：「我們進到店裡看到的就是一團亂，三個人都倒在地上，于靖晴是昏迷倒在廚房，根本沒有說話的機會。」
「不是你約她到那店裡的？」
「我沒有約她。」
「總認識她吧？」
「看過她的報導。」
「什麼報導？」
「她寫的報導幾乎都看過，因為事務所訂的就是她任職的報紙。」
「不是跟康美菊有關的？」
「如果她有寫，我應該也看過。」
「哪一方面的？」
「各方面。」
邱品智眉尾挑了挑：「律師不是應該誠正信實執行職務嗎？」
「我和我的助理剛剛說的每句話，都是據實以告。」
「現在有人店被砸了、有人生命垂危，你還不配合？」
「我不是被害人、也不是目擊證人，只能算是吃瓜群眾，該配合什麼？」
「你到底在查什麼？」
「我只是幫一個失去女兒的母親提自訴、找真相而已。」

「那為什麼找于靖晴？」

「我說了，今天是她主動約我的。」

「跟康美菊又有什麼關係？」

「我也還在查。」

「你不過是個律師，手上沒有半點公權力，能查什麼？」

「你們檢警手上都有公權力，有盡全力為那些含冤當事人調查全部真相？」

邱品智氣到嘴角哆嗦起身離去。我低聲問：「真的不需要警方幫忙？」

「于靖晴跟我說，警方裡也有康美菊的人。」

媽喲。我們到底是捅到什麼樣的馬蜂窩呀……

第八話

當法警高喊起立時，原本有些嘈雜的法庭內外頓時安靜下來。嘈雜的原因是法院今天對於陳佳凝案進行準備程序，身為當事人的康美菊終於現身，身後跟著一堆媒體競相採訪，甚至發生推擠。

被人質疑有何不法時，政治人物慣例是表示震怒、否認及反嗆，有時還朝對方潑盆髒水。就自己被控殺人，康美菊一如既往地對媒體如此回應：「知道自己被告，意外又憤怒。許多人想出名、搏聲量，就用這種下流方法，尤其是那些沒沒無名的小律師，更令人不齒。為了捍衛名譽，我一定會反告對方誣告。謝謝各位媒體界的朋友，大家辛苦了。」

文石早早就進了法庭，坐在旁聽席上閉目養神，也許在思索待會兒的應對，也許真的在打瞌睡，以致許多記者想要圍他卻被法警阻絕於外。

這段時間所有關於陳佳凝案的資料及書狀都是他親手處理，完全沒再讓我接觸。雖知他是在保護我，但肚裡仍然不免有火。

從不畏懼惡勢力，更不怕什麼小人步，我唯一煩惱是沒有機會大展身手。

受命法官落座後，瞄了一眼報到單，確認當事人都到齊就立即進行程序。

「自訴代理人，你們追加了一個被告莊啟揚？」

「是的。」

法官旋即將罪名及法定權利告知坐在被告席的莊啟揚。莊啟揚同樣喊冤，他的律師陳利雄對於張玉娟及文石也是一番指責。隱身在法庭後方眾多旁聽民眾裡的我，很難想像那個跟我說話時緊張到猛搓大腿的「壯洋」，居然也牽扯進這個案子裡。

他居然是楠相公司的董事長特助！從網路結識的人所說的話可不能全信啊。

是于靖晴傳給文石的那些檔案裡，有相關證據吧。

「關於楠相公司回覆的財務資料，雙方各有什麼意見？這是本院依自訴代理人聲請向楠相公司調取的。」法官請通譯將資料交給兩造檢閱。

文石事先已閱過卷，他直接答稱：「這些是楠相公司隱瞞真實財務狀況，為了應付法院，臨時製作的不實報表。」

辯護人曹玉涔立即回嗆：「這是自訴人方面要求調取的證據，現在看內容不利於己就說人家是臨訟製作的不實文書，自訴代理人所稱沒有任何依據。」

辯護人陳利雄則回答：「足以證明自訴人所訴與事實不符。」

受命法官：「現在是準備程序，請先就證據能力表示意見。」

「對於證據能力不爭執，但是內容與事實不符。」文石道。

「楠相公司賺錢或是虧損，跟被告康美菊毫無關聯性。」曹玉涔道。

「有證據能力。」陳利雄道。
受命法官又問：「監理所回覆本院的車籍資料，雙方有何意見？」
文石說：「車籍資料顯示的小客車，是被告康美菊的車。有證據能力。」
曹玉涔說：「對於證據能力不爭執，但與本案被訴的事實沒有關聯性。」
陳利雄以事不關己的語氣說：「不爭執證據能力。」
受命法官接著詢問聲請傳訊證人及調查證據順序的部分，我沒認真聽下去，因為努力揣度文石提出這兩項證據的用意。
是為了建立康美菊與陳佳凝案之間的橋吧……
如果沒有這座橋，康美菊還是市議員，陳佳凝還是自殺，康美菊不會成為陳佳凝案的嫌犯。這也就是曹玉涔一直強調這兩項證據沒有關聯性的原因。
但，單就這兩項證據，橋不能算建好了，更不必說康美菊根本沒上橋。
「有關雙方就證據能力的爭執，待審理時再進行合議。」準備程序的進行告一段落後，受命法官補充詢問自訴人這方：「文律師，既然你認為楠相公司回覆的財務資料不實，而且辯護人也提出了質疑，就這部分有無補充說明？」
文石起身從卷宗裡取出一疊文件呈遞：「提出楠相公司最近三個年度的損益表、資產負債表與現金流量表附卷，做為自訴人提出的補充證據。」
書記官接過，將文件名稱打入筆錄後，轉交給審判席上的受命法官。

法官在翻閱時，我注意到曹玉涔的臉色突然籠上一抹陰影。

不過地表最刁鑽女律師的稱號也非浪得虛名，當法官提示這些文件，在陳利雄律師當然回答「證據能力不爭執，但與被告莊啟揚無關」後，曹玉涔卻大聲回道：「否認證據能力！」

「文書除非是偽造，否則為何不能當做認定事實的證據？」受命法官蹙眉問。

「庭上，這份文書上有楠相公司標章的浮水印，證明文書是真實無偽造，但是，這是自訴人方面違法取得，依毒樹果理論，不能當做證據，否則有變相鼓勵犯罪的問題！」

「請說明清楚一點。」

「文律師剛才質疑楠相公司回給法院的財務資料有假，但在我看來，楠相公司也許是為了保護商業機密、也許是不理解自己公司的財務與本案有什麼關係，所以在法院要求提供財務資料時，只由會計人員摘取財務報表的重點製表回覆，而未提供原始的財務報表。對一家公司而言，除了專利技術外，最核心的機密就是財務狀況，但現在文律師卻能提出楠相公司最近三年的財報，請問，文律師是如何取得？據我所知，文律師既不是楠相的法律顧問，也不認識楠相的財務經理或任何會計人員，搞不好連股東都不是，豈能取得楠相的內部財報？當然就是用竊取的手段取得！」

「楠相公司股票有上市或上櫃嗎？」

「我查過，沒有。」

「曹律師現在是在懷疑文律師用非法方法竊取楠相的財報？」

「我沒有說是他偷的，但提供給他的人一定是偷的！」
「文律師？」
「否認辯護人所述。」
「能說明一下這份資料從何而來的嗎？」
「有正義感的人提供給我的。」
文石這麼說，引來法庭內一陣小小騷動。
一般人會認為若循正當程序取得，大可直說，為何會有正義之士之說呢？
但文石若如曹玉涔所述，根本與楠相一點關係也沒有，是誰提供財報資料給他當做證據？難道是個見不得人的商業間諜偷來的？
果真這樣，這份文書資料不就該被當做非法證據，不能當做不利於被告康美菊的證據？
「可以說那位有正義感的人是誰嗎？」法官顯然也不滿意文石的說法。
「不能。」
「不能的理由？」
「這樣會害了那個人。」
曹玉涔立刻見縫插針：「對！會害那個人被追究竊盜或妨害祕密的刑責。」
「不是，是害那人有生命危險！為了保護當事人的安全，請恕我無法提供證人的真實身分。」

可能未曾遇過律師會以這種理由拒絕陳述，法官怔在當下。

曹玉涔卻攻勢未歇：「卸責之詞！隨便說說！」

「我倒想請問曹律師，妳不是楠相公司的法律顧問、也不是楠相公司的本案辯護人，何以得知楠相發生財務報表被偷的事？抑或，妳正職是律師，同時斜槓兼任楠相的財務經理一職？」

這說法引起法庭內一陣竊笑。曹玉涔未料到文石的反擊，語氣有些慌亂：「我、我是合理推論！理由剛剛已經陳明，你自己也不否認提供者有不可告人之事，才會說什麼要保護之類的話吧！」

「我沒有說提供者有不可告人之事，我只是說若陳明資料來源會害提供者有危險，這種危險包括被解僱、被報復甚至被滅口都有可能！」

「這些可能，不就是因為自己竊取別人公司內部文件的結果嗎？」

「否認。請舉證。」

文石這話點醒了法官：「好了，先別爭執了。曹律師，妳有什麼證明方法？」

「請求傳訊楠相公司財務經理。姓名地址我再查報。」

因為雙方一番針鋒，讓這份財報的證明力引起法官注意：「文律師，請說明這份文件的待證事項。」

「被告二人對於被害人行凶的動機。」

「什麼動機？」

「財報裡有不可告人的祕密，被告為了防止洩露，所以殺人滅口。」

「什麼祕密？」

「為防止被告串供或勾串證人，保留到審理時再陳明及呈現。」

「異議！文律師不說明待證事項，刻意妨害被告訴訟上防禦權！」也許剛剛曹玉涔表現太突出，陳利雄也不甘示弱道。

「咦，陳律師剛才不是不爭執證據能力，認為這份資料與被告莊啟揚無關嗎，那待證事項先不說，怎麼就侵害你當事人的防禦權了？」

「那我也要爭執證據能力！」

法庭內一陣爆笑。

法官說：「書記官已經記明筆錄了耶，如果你又要爭執，那理由呢？」

「理由與曹律師一樣。」

「這樣吧，我在審理時會特別注意被告的防禦權，一定會給兩位辯護人機會調查證據及陳述時間，可以嗎？」

「那我不爭執了。」陳利雄律師彷彿為當事人爭取到了什麼般，得意地抬起下巴。

退庭後，我們直接去醫院。向加護病房的護理站詢問，于靖晴還沒醒過來。

轉到紫娟的病房。文石說一定要親自接她出院，不然覺得太對不起她。

「她是得罪了誰，那些人為什麼要找她麻煩？」在回途的車上，紫娟貌似心有餘悸。「他們好像一直在跟她要東西。她不給，他們就搶她的包包。」

「之前她跟我說，如果察覺身處危險就先將檔案傳寄給我，然後自己手機和信箱裡的檔案會全刪了。」

「是今天你提交給法官的那些財報資料？」我插嘴問。

「那只是其中之一。」

「如果對方知道檔案在你這，你會不會也有危險？」紫娟蹙著眉問。

「陳佳凝案，我的手中全無相關線索，所以只得讓線索自己來找我。」

「自己來找你？」

「唔。這些線索當然隱藏危險。」

「那怎麼辦？」

「我不怕的。」

「你……膽子比較大？」

「我靠我阿姨就不怕啦。妳也認識她啊。」

「……我認識？」

「妳就算不認識，也一定聽過她的名字。」

「你阿姨？」

「她叫化險為夷。」

說完完全無視紫娟和我愣傻在當下，自己馬上就放聲大笑起來。

事後我想，興許這就是身無法定調查權的律師，赤手空拳憑一己之力調查真相時的宿命。

可是法律人如果怕危險，就不該來從事司法實務工作。

我開始理解為什麼他不讓我再接觸這個案子。紫娟的臉色也很沉重。

直到我們抵達「紫羅蘭」門前，她才眉展顏開發出驚嘆：「天啊！」

我也嚇了一跳。經過重新整修復原，整個店奐然一新，而且門前還大排人龍！

進門看到客滿盛況，紫娟和我驚訝到闔不攏嘴，不禁相擁尖叫。

櫃檯裡有個臨時派遣的小姐在幫忙點菜、結帳，忙到只能向文石點個頭。

廚房裡除了早已康復的廚師小哥外，還多了三位廚師幫忙。紫娟拉著廚師小哥詢問，才知道在她住院期間，文石除了請人將被砸的店復原外，還幫她加了許多原本沒有的裝潢、擺設，又設計了許多新菜菜單，甚至在網路上設計優惠活動。食客被吸引來了，他怕小哥忙不過來，還找別家大廚來支援活動期間的廚房工作。

「這……」紫娟的眼眶裡盈著淚水，嘴角卻向上彎著。

「連累妳和小哥受傷，我不知如何表達歉意。」文石向他們欠身道歉。

「不是你的錯。」紫娟抱著他，在耳邊說了聲：「謝謝你。」

小哥說要做幾道料理招待我們，文石說外面的客人快不耐煩了，改天再聚吧。

我們回到車上，就聽到彼此都發出咕嚕的饑腸聲。

車子開到日常會去的麵店。老闆見到我們進門，就開心道：「文律師沈小姐你們來啦。坐、坐、坐。」然後轉身向廚房高喊：「紅燒、清燉各一碗！」

「等一下。」文石微舉左手：「我今天改吃陽春。」

「蛤？」老闆怔了，可能心想：你們像平常一樣吃紅燒牛肉麵和清燉牛肉麵，世界不是很和平嗎……

「我、我午餐還沒消化完，不是那麼餓。」文石說得尷尬，笑得僵硬。

「喔。」老闆用懷疑的眼光和沒什麼元氣的聲音又喊：「紅燒改陽春！」

麵端上桌後，他稀哩呼嚕就吃完了眼前的陽春麵，過程中還偷瞄了我碗中的牛肉。我終於忍不住問：「啊你是花了多少錢幫紫娟修店啦？」

他說了個數字。嚇得我趕緊挾了兩塊牛肉到他碗裡。

三個星期後，這個數字沒什麼了，因為讓我更驚嚇的狀況發生。

原本的一般法庭被改到較寬敞的第一法庭。通常這種情形是案件當事人及關係人人數過多、或社會矚目案件有太多民眾及記者要旁聽，小法庭容納不下法院才會臨時改到大法庭。但這個案子的自訴人、被告、兩造律師與證人，加上前次開庭時的旁聽者，小法庭應該綽綽有餘。可當我被法警攔住盤詢時，才發現許多記者居然也被擋在法庭門外。

「為什麼禁止旁聽？」有個電視台的女記者伸出麥克風。
「這個案子審判長諭命不公開審理。」法警睨一眼攝影機，面無表情回答。
「那為什麼還有人坐在旁聽席上？」
「他們是有旁聽證的。」
「那我們也要申請旁聽證。」另一個男記者語帶不滿說。
「名額已滿了。」
望著旁聽席上坐滿的人，記者們面面相覷。終於有個比較有法律常識的記者想到了問：「審理不公開的理由是什麼？」
「要問審判長才知道。」
「我們要到哪裡採訪審判長？」
「請到記者室去等候，法院會有發言人統一對外發言。謝謝。」
因為文石出示律師證並表明我是助理的身分，法警才放我們進庭。
審理開始前，我瞄了身邊及後方旁聽席上的人，納罕驚詫到睜圓了雙眼。
市刑大的邱品智和幾個刑警臭著臉坐一排。
調查局的曾燁和幾個調查員板著臉坐一排。
除了這些神兵天將外，還有許多身分不明的牛鬼蛇神坐兩排。
我們不但捅了馬蜂窩，捅的還是個大馬蜂窩。

「本案因為可能涉及國家安全與公共秩序，所以行不公開審理。」審判長落坐後宣示理由，之後請自訴代理人陳述自訴意旨。

陳佳凝案迄今像雲山霧罩，始終有團謎霧阻擋前方的路，晦暗之後一定就是真相，但晦暗之中卻有危機，讓人疑懼不安。

有點意外的是坐在審判長席的，居然就是審查庭的黃澐淨法官。我暗自祈禱從此開始，這個案子能進行的順利一點。

第一個證人是吉揚大樓的10樓住戶林小晶。

文石開始主詰問：「案發當晚，妳曾在搭電梯時見過被告莊啟揚？」

「是的。當時我正要回我在10樓的住家，從地下室上樓時剛好跟他同電梯。」

「當時電梯裡只有妳和被告莊啟揚兩個人？」

「不是。包括我共有四個人。他們三個都在9樓就出電梯了。」

「他們也都是大樓住戶？」

「我原先不知道他們是不是，但後來知道其中一個是。」

「請說清楚知悉的經過。」

她露出有點不好意思的表情：「因為其中一個男的很帥，我很好奇，第二天到管理室問管理員，他說只有一個——」

「抱歉打斷一下，能先說一下跟妳同電梯的人是男是女？」

「異議！不當誘導。」

「駁回。請繼續。」

林小晶不解曹玉涔與審判長的對話意義，見文石比了個請的手勢才說：「兩個男的、一個女的。其中一個男的和女的就是現在坐在那裡兩個被告。」

「另外一個妳剛才說很帥，妳對他感興趣——」

「不是感興趣，只是好奇。」

旁聽席上傳來一小陣竊笑聲。

「好，妳好奇的那個男的，後來有去詢問管理員關於他的身分？」

她點點頭：「是。管理員放出前晚電梯監視器錄影紀錄讓我看，管理員說那個女的是9樓A室的住戶，另外一個好像是她兒子。還有一個沒見過，應該不是我們大樓的住戶。」

電梯監視器錄影？看來事後有人把它湮滅了，還向警方說謊。

「妳所說那個是住戶的女的，是在被告席上的康美菊？」

「異議！不當誘導。」這次換陳利雄提出詰問程序的異議。

「文律師只是在依證人剛才所述，確認她的真意。駁回異議。證人請回答。」

「是的。管理員說沒見過的另一個男的，現在也坐在被告席上。」

「那後來妳還有在大樓或是哪裡見過妳說妳覺得很帥、管理員說是被告康美菊兒子的那個男的嗎？」

「有。在八卦周刊的報導裡，又看過一次他的照片。」

「庭上，請准提示照片讓證人辨認。」文石起身，走向人席：「妳看一下，這照片裡的人是否妳剛才說同電梯的另一個男的？」

「就是他。」

「妳那晚在電梯裡遇到他們的時間？」

「大約是八點半到九點之間。我記得我進家門後，我媽在客廳看電視，我只洗手削了個蘋果，才把水果端到客廳就聽到電視傳來整點新聞的音樂。」

「妳洗手、削水果，需要十分鐘嗎？」

「十分鐘以內。」

「依妳所述，可以推論妳搭電梯是在八點四十分到四十五分左右嗎？」

「可以。」

「主詰問完畢。」文石收回照片，交給書記官轉遞給法官。

那應該是從網路上擷取有關丁博瀚新聞的照片。

審判長和受命法官端詳了一下，將照片附卷。「請辯護人反詰問。」

曹玉涔的表情看來，似乎打算好好修理證人：「妳平日從事什麼工作？」

「我在補習班教書。」

「補習班老師？唔。案發當晚妳是下班回家才搭電梯上樓？」

「是。」
「那案發的次日晚上，妳也是搭電梯上樓回家？」
「是。」
「同電梯的人幾個人？」
「妳是說次日晚上嗎……我不記得了。」
「上星期一晚上下班時，跟妳一起搭電梯上樓的人是幾個男的、幾個女的？」
「我不知道，我沒特別──」
「只要告訴我知不知道、記不記得就行了！」
「不記得了。」
「那昨天晚上呢？有人跟妳一起搭同班電梯上樓嗎？」
「……好像有。」
「幾個人？」
「好像兩個……」
「兩個都是男的嗎？」
「……好像有一個是。」
「好像？也就是說妳無法確定？」
「沒有特別注意，所以……」

「之前地檢署有傳妳為被告丁博瀚涉嫌殺人案件作證？」

「是。」

「但當時妳告訴檢察官，案發時與妳同電梯的只有丁博瀚？」

「我……我沒有這樣說吧……」

「請求提示向地檢署調取的偵訊筆錄。」曹玉涔接過書記官交付的偵查卷，照筆錄記載唸：「檢察官問：當天在電梯裡看到了誰？妳回答：在庭的被告丁博瀚。」唸完將筆錄讓林小晶看。

林小晶怔在當下：「我當時應該不是這樣說的吧……」

「筆錄後面妳的簽名，難道是假的嗎？」

「可是——」

「妳看一下最後一頁的受訊問人，是不是妳的簽名？」

「……是。」

「我問完了。」

「辯護人陳律師，請反詰問。」

陳利雄一副餓虎撲羊架勢：「依妳剛才陳述，當時妳並不認識與妳同電梯的其他三個人？」

「是。」

「本案跟妳沒有關係，為什麼妳會出來作證？」

「是文律師請我出來作證。」

「妳不是對被告康美菊的兒子丁博瀚好奇嗎？應該是覺得他很帥吧。」
「唔。」
「可是出庭的證詞卻是對被告不利？」
「異議！問題不明確。」
「陳律師，請修正問題。」
「妳在地檢署的證詞，卻是對丁博瀚不利？」
「我不知道所說的對他有利或不利，只是就知道的跟檢察官說而已。」
「依地檢署的不起訴處分書認定，對於素昧平生的丁博瀚，妳有可能誤認？」
「異議！要求證人陳述個人意見。」
「庭上，我的詰問有正當理由。」陳利雄不滿文石的異議：「案發距今已經快一年了，如果證人連自己好奇的對象都有可能記憶錯誤，怎麼能在本庭對於不是她好奇的被告作出精確的指證？」
審判長思索了一下：「如果是勾稽證人的記憶，似乎不是沒有理由。」
文石聳聳肩，爽快地說：「撤回異議。」
林小晶卻不服氣：「我教速讀的，專業是記憶。對於記人我有信心不會記錯，而且我還在管理員那裡看過監視錄影，所以印象很深。」
「妳出來作證前，自訴代理人有答應給妳什麼好處？」

「蛤？沒有啊。」
「妳認識死者陳佳凝？」
「不認識。」
「照妳剛才所說，原先也都不認識同電梯的三個人？」
「是。」
「既然相關的人都與妳無關，如果不是收了自訴人或自訴代理人好處，誰會願意沒事幫人作證？」
明顯有誣衊證人及文石的用意。審判長瞄了文石一眼，他卻沒有異議。
林小晶卻察覺了這問題的目的，提高了聲量：「基於正義感來作證，不行嗎？」
「誰能證明正義感是長什麼模樣。」不待審判長出言制止，陳利雄轉身回座：「我問完了。」

第九話

「文律師有無覆主詰問？」

「林小姐，妳在地檢署作證時，關於同電梯的人，檢察官是怎麼問妳的？」

「異議！重複的詰問。」

「我理解文律師要問什麼，這問題不算重複，但請修正問題。」

「是。林小姐，剛才辯護人曾提示偵訊筆錄給妳看，請問筆錄的記載與妳事實上所說的是否一致？」

「不一致。我記得當時檢察官是問我記得當天在電梯裡有看到誰嗎？我說，有看到好幾個人，其中一個是現在站我旁邊的這位先生。檢察官向我確認說有看到在庭的被告？我說是。我不知道書記官筆錄會記成現在這樣。」

「筆錄這樣記載，跟妳的意思哪裡不一樣？」

「我有說看到好幾個人，但檢察官不管其他的人是誰，就只問那個跟我一起站在法庭裡的被告，我還提醒說跟被告一起進電梯的還有其他人，但是檢察官說現在只在查被告，我問妳什麼妳答什麼就好。所以我就不再多說了啊。」

「如果筆錄記載與妳所說的不一致，為什麼妳還要簽名呢？」
「可以不簽嗎？」
「意思是，妳根本不知道如果筆錄記載與當事人所述不符，可以要求更正或拒簽以示不符？」
「我不知道啊，那次是我生平第一次上法庭。」
「妳未婚吧？」
「是。」
「未婚的妳，平常都會對帥的男生多看兩眼，對吧？」
林小晶愣了兩秒，微紅著臉：「……是。」
「我請妳出庭作證時，跟妳說了什麼，才讓妳覺得應該要出來跟法官講看到了什麼？」
「你說有年紀跟我差不多的女孩子，被人從九樓陽台推下樓害死了，希望我回想當天晚上是否有注意到什麼異常狀況，或遇到什麼平常不曾見過的人。我覺得她很可憐，如果是我被人害了，也會希望有人出來幫我，所以決定作證。」
「我與妳交談的過程，有答應給妳什麼報酬嗎？」
「報酬？是指好處嗎？」
「都算。」
「只有你第一次來我家按門鈴時，曾請我吃過金黃酥脆炸雞而已，不過，我可不是因為吃了炸雞才來作證的啊。」

這話引來法庭裡一陣哄堂大笑。審判長忍住笑意問：「辯護人覆反詰問？」

曹玉涔與陳利雄都說沒有。

曹玉涔提出丁博瀚被訴案的不起訴處分書為證據，主張陳佳凝根本是跳樓自殺。若陳佳凝真的被殺，檢察官不僅沒有為她伸張正義，不起訴處分書無形中反而成了幫兇手脫罪的認證……為什麼會荒謬至此？

文石為了推翻這個認定，將國立大學理學院的物理學教授湯學仁列為專家證人，要求刑事庭傳訊。

但合議庭對此似乎意見不一。三位法官討論了兩分鐘後，審判長要求文石先說明待證事項的依據。

文石向我比了個手勢。我把帶來的大紙袋遞給他。

他從紙袋裡取出了紙尺、大樓模型、紅色小玩具車和身著紅衣的小女孩公仔。我在心底驚呼了一聲：那模型跟吉揚大樓長得超級像。

之前看到它，還只是搭好骨架的半成品而已。

「單純從法醫的解剖鑑定報告來看，死者身上的傷一定是從高樓墜下造成。但從檢察官的相驗卷裡所附現場圖來看，屍體是頭朝大樓、腳朝馬路的方向，落下的位置距離大樓五點一公尺。

從這客觀情狀來看，就該懷疑死者並非以自由意志從大樓墜下。以下用這個模型代表吉揚大樓、這個小公仔代表死者。特別聲明的是，模型是將吉揚大樓的實體按一定比例尺縮小製成，這部分視辯護人方面是否有意見，再決定是否聲請現場履勘。」

文石將公仔放在大樓模型的天台邊女兒牆上，將公仔放開，公仔就摔在模型前方的紙尺旁：「跳樓的人心如槁灰，一般而言，跳下來的距離會是這樣。」

接著他將公仔再放回天台：「也許她抱定了必死的決心，所以用力一蹬。」手指用力往公仔身上一彈，公仔墜落的位置較遠了些。

「再也許她站在女兒牆下，奮力躍過女兒牆往下跳。」他再拿起公仔放在牆邊，使力把公仔往上彈。這次的位置更遠，但公仔仍然是以頭朝外、腳朝大樓的方向趴在紙尺前。「這是運動員一心求死才有可能的自殺法。可是陳佳凝不是跳遠選手，而且跳下後的距離與屍體方位與現場狀況也不同。」

「那麼要有與現場狀況一樣的情形，只有一種可能。」將公仔放在天台的女兒牆邊，文石再滑緊了小玩具車發條放在天台上；一放手，車子往前衝，撞到了公仔，公仔被撞向前、跌落牆外，在半空中翻了半圈，墜在大樓前……

公仔頭朝大樓、腳朝外，位置也比第一次摔下時還遠！

三位法官原本撲克牌般的臉上有了些許變化。法庭內也傳出低微的討論聲。

有人從背後往陳佳凝身上猛力一推，她才摔下大樓的……是這個模擬實驗的結論。

審判長詢問意見；辯護人都否認這個結論的真實性。陳利雄甚至質疑是文石彈公仔時的出力方向或擺放位置使然，不能以此認定死者出於他殺。

審判長只好請湯學仁教授坐上證人席。

湯學仁以物理學上的牛頓第二運動定律、直線運動中的平均加速度和瞬時加速度、曲線運動定律等力學理論，來解釋陳佳凝的墜落，是否單純出於自身體重與重力、抑或墜落前有他力介入以致加速度的結果。

審判長看著他提供的投影片，只問了兩個問題：「按你剛才所述物理學的拋物線理論，本案的死者是自己跳下、還是被人推下？」

「以大樓與陳屍間的距離研判，只有兩個可能會造成她墜落在這個位置。一個是被人大力推擊，一個是她自己從天台的另一邊以賽跑速度往這一邊衝、將女兒牆當做跨欄跳過。」

「為什麼她的頭部一定會朝大樓方向？」

「從力學觀點來判斷，這是有外力推擊，造成上半身受力點較強身體先往前方移動、再加上重力的結果。」

「辯護人有什麼意見？」

「證人剛才也說了，死者也有可能是自己從天台另一邊跑越天台躍下，所以仍然不能排除自殺的可能性。」陳利雄大聲回應。

「為什麼她要選擇這樣的跳法？」受命法官忍不住問。

陳利雄眼珠骨碌一轉：「因為她死意甚堅！」

死意甚堅？最好死在你房間啦！我在心裡翻了二十個白眼。

審判長循例命證人唸結文，以宣誓作證時所說都是真實，否則願負偽證罪責。

證人席上的卓靖涵面無表情地唸著結文，但在檯下的雙手不自覺地互扭著。

「妳與陳佳凝是好朋友？」文石首先進行主詰問。

「是。」

「案發前一晚，妳和陳佳凝有通過電話？」

「是。本來要約第二天去小劇場看脫口秀表演。她說第二天晚上有事，改約第三天再一起去。」

「她是因為什麼事不能一起去看表演？」

「我不知道。」

「不是已跟別人有約了嗎？」

「呃⋯⋯好像是。」

「跟誰有約？」

「不、不清楚。」

「是跟丁博瀚吧？」

「異議！不當誘導的詰問。」曹玉涔對於干擾文石的詰問毫不客氣。
「成立。文律師請修正問題。」審判長裁示。
「知道愛情專賣店這個網站嗎？」
「……不知道。」
「陳佳凝有加入這個網站擔任派遣員嗎？」
「不清楚。」
「卓小姐，妳不是陳佳凝的好朋友嗎？」
「……是。」
「那為何妳不願為了她說出真相？」
「異議！以侮辱的不正方法詰問。」
「駁回。證人請回答。」
「我沒有不願意……我說的是實話。」
「陳佳凝生前加入愛情專賣店這個網站、擔任派遣員，因為額外收入不錯，妳又是她的閨蜜好友，所以她告訴妳這個兼職機會邀妳一起參加，不是嗎？」
「異議！違反主詰問不得誘導的規定。」曹玉涔立即大聲異議。
「庭上，證人若不是故意規避詰問，就是可能記憶不清，為喚起記憶所必要，應例外允許我方為誘導詰問。」文石在審判長裁示前，立即說明誘導的原因。

「異議駁回。證人請回答。」

「異議！要求證人陳述未親身經歷的事實。」陳利雄接力放砲攻擊。

「如果她參加了那個派遣員的工作不就有經歷了嗎。駁回異議。證人？」

「……」卓靖涵彷彿被什麼事困擾著，沉默不語。

「既然這樣，九月二日晚上十一點到十二點之間，妳人在哪裡？」

「……」

「證人？」審判長見卓靖涵沉默不語，出聲詢問：「記得嗎？」

不知為何，卓靖涵還是怔著。

文石見狀，顯然無意為難她：「沒關係，筆錄請記載證人未回答即可。」

書記官的手指在鍵盤上敲下「證人：（未語）」。

文石決定另起爐灶：「再請問妳，妳手機的號碼幾號？」

她說了自己頭碼0931的號碼。文石又問她陳佳凝手機號碼，她說了0936字頭的號碼。

「陳佳凝曾以手機寄發簡訊的方式，跟妳討論加入愛情專賣店時登錄的派遣員暱稱，是不是？」

「沒有。」

「我說的是她用頭碼0958的手機、寄到妳0935的手機唷？」

啊！原來如此……我們從陳佳凝租屋處離去前，文石將信箱裡的東西都帶走了，其中一定有她另一支手機的帳單……

卓靖涵脹紅了臉。文石追問：「請記住，妳剛才曾宣誓要據實作證，不然會有偽證的罪責——」

「異議！自訴代理人以誘導、恫嚇方法詰問。」

「駁回。證人？」

她終於體悟到文石已經掌握了事實大致輪廓，只好開口緩緩道：「是的，陳佳凝曾邀我一起去參加那個網站的派遣員。」

「所以案發當天，她說跟誰有約？」

「丁博瀚。」

「他是參加那個網站的會員嗎？」

「是。」

「是她告訴妳的？」

「不是。他原來是我服務的會員，出手很大方。有一次他寄出邀約，我剛好要值晚班沒空，就轉介紹給佳凝。」

「妳得知陳佳凝出事了，有無詢問丁博瀚到底當晚發生什麼事？」

「有。他說約佳凝吃飯，但佳凝沒來，他也不知道發生什麼事。」

「妳覺得他說的是真是假？」

「異議！要求證人陳述個人意見。」陳利雄又提異議。我超想朝他吐口水。

「文律師確實是要求陳述個人意見。但在證人林小晶先指證丁博瀚曾出現在案發現場同棟大樓的情形下，本庭認為這位證人的意見有助於發現事實經過。駁回異議。證人？」

「我懷疑他說的真實性。因為自從認識佳凝以來，她跟人有約從不遲到，臨時有事也一定會電話告知，不可能無故放他鴿子。如果你不信，從網站上看會員給的評價，從未有人給她低於五顆星。」

「滿分是五顆星？」

「是。」

「剛才妳不願回答我的問題，可以告訴我們是顧慮什麼嗎？」

「我不想讓人知道我們加入那個網站的派遣員。」

「謝謝妳。我問到這裡。」

曹玉涔進行反詰問，整個詰問重點在以愛情專賣店派遣員身分，企圖將陳佳凝與卓靖涵塑造成是愛慕虛榮、出賣自己身體的女子，以此策略攻擊卓靖涵證詞的可信度；文石則多次以「侮辱證人」為由，提出異議阻擋。

雙方搞到審判長終於面露不耐煩：「到底愛情專賣店提供的是什麼服務？兩造有誰能提出具體證據？」

文石提供證明方法：「請依證人告知的網址，擷圖網站畫面附卷列為佐證。」

曹玉涔硬要唱反調：「哪個色情業者會說自己在從事的行業見不得人？更何況是網路上的廣告。」

「我們提供的服務是傾聽與陪伴，不是世俗眼中的色情！」卓靖涵一改原本的溫和，大聲反嗆。文石也趁勢追擊：「這就是妳剛才的顧慮？」

「我的顧慮就是我們會被人用有色眼鏡看待、被貼標籤。」

「所以事後妳到陳佳凝的房間，把她電腦紀錄刪掉？」

「佳凝死得不明不白……」她忍不住紅了眼眶，哽咽道：「……我不希望她走了還有人以她擔任派遣員的事議論她的是非。」

等候書記官擷圖網站畫面時，審判長問：「陳律師，你們要求傳訊丁博瀚，但書記官昨天下午接到他來電說今天有事無法出庭，有何意見？」

「那我們捨棄傳訊。」

「捨棄？」審判長面露錯愕：「剛才證人林小晶有提到你的當事人不是嗎？」

「若證人的證詞屬實，最多只能證明被告曾同搭電梯，不能證明陳佳凝的死與被告莊啟揚有關。」原來他決定採取保守的打法。

「曹律師，妳也具狀要求傳訊丁博瀚？」

曹玉涔瞄了文石一眼，陷入猶豫。

如果她也捨棄，文石一定會覺得箇中有詐，反手要求傳訊並進行主詰問，就算文石不聲請，法官也可能覺得辯方在隱瞞什麼而依職權傳喚，屆時目前已漸趨不利的局面會不會更糟……想必她的猶豫是揣度著這些利害。

但丁博瀚今天請假不來，應該也是辯方為了觀察今天出庭形勢、事先所下的指導棋吧。

「請求審判長改期再傳。」她終於出聲。

審判長點點頭，翻了卷宗：「文律師，我們依你的聲請，向銀行調取楠相公司的兩筆匯款入帳明細，一筆是十億、一筆八億。昨天收到銀行回函，說這兩筆金流已被列為國家機密，無法提供。」

文石起身接過書記官交付閱覽的卷證，看著銀行的回函，臉色鐵青。

難怪今天開庭不公開。我不禁瞥了一眼曾燁和那幾個調查員。

媽喲，國家機密……

文石向審判長爭取卷證及程序以不公開的方式調取；曹玉涔方面則說如此會陷銀行於違反國家機密保護法的不義，堅持反對……

退庭後，我們才步出法院大門，就被幾個男子圍住，領頭的曾燁冷道：「文石先生，現在因為一件違反國家機密保護法的案件，請你跟我們回市調處協助調查。」，然後文石就被他們半推半拉地架走了。

我獨自駕駛小白回事務所，一路上猛拍方向盤譙三字經來壓抑心底的驚恐。

才進事務所，小蓉就面有驚色地靠過來：「出事了！剛才一堆調查局的人來搜索事務所，翻箱倒櫃拷貝硬碟亂搜一陣，把大家嚇壞了！老闆要妳一回來就去見他。」

「什麼事啊？」

「說什麼文律師涉嫌違反國家機密保護法——」

「屁啦！是查水錶吧！哪個法官發的搜索票？」

「沒有。說是檢察官指揮，依法逕行搜索，可以先搜再陳報法院。」

「哪個菜豬吃太多的檢察官指揮的？」

「好像叫詹兆叔。」

推開老闆辦公室的門，就瞟見方律師、許律師與白律師吵得面紅耳赤。因為陳佳凝案讓事務所陷入空前混亂，甚至立即傳至其他事務所，據說已經有人開始藉此為由挑撥客戶換掉法律顧問了，方律師氣得大罵文石胡搞；許律師搖頭說以後接案要小心過濾，會危及事務所名聲的案子別接。白律師則為文石講話，說值此危急時刻大家應該站在同一陣線支持文石，才能穩住客戶的信心。

老闆林律師則臭著臉靠在椅背上，見我進來，立刻問我要人：「文律師人呢？」

陳佳凝案大致案情、剛剛開庭情形及文石被帶走的經過，我說了一遍。

氣氛凝重。臉色沉重。聽我說完後，四位律師意見分歧又爆一波激烈爭執。

第十話

清晨五點的台北街頭，除了一盞壞了的路燈奄奄一息地閃爍著，就只剩市調處大門口忽然出現的身影，冷清蕭瑟。

頸子縮垂在衣領裡，臉上憔悴疲憊，背脊仍然直挺。

閃了閃車燈，引來瞥向這邊一眼；但文石腳步未停，只對我使了個「快離開，別靠近」的眼色。

我壓低了身子沒下車。等他走過對街，身後遠方隨即出現一個矮子。

硬是要挖出什麼情報的樣子。到底是認為文石洩露了什麼機密呀……

想必是跟楠相公司的財務有關。

文石從現金流量表發現兩筆鉅額款項居然匯到海外，覺得箇中有異，聲請審判庭向銀行調取資金流向的相關匯款明細，卻遭銀行以國家機密為由拒絕……

誰將單純的金流明細列為機密？是銀行通知客戶的話，這個客戶是康美菊？或是，文石有意調取楠相公司的匯款明細的事經由曹玉涔告知康美菊，康美菊隨即動用政治勢力將帳戶出入紀錄列為機密，阻止不可告人之事被揭露？

銀行帳戶裡的金額紀錄只是數字而已，將之以機密封存，特別是國家機密，只有政府機關首長或相關主管人員有核定權。尤其是在個案訴訟進行中立即核定，可見康美菊勢力之大。

想不通的是，客服工作與楠相公司完全無關、不過兼職出租情人的陳佳凝，為何文石會認為她的死與楠相公司的匯款有關……

等矮子走過車邊，我下車遠遠跟在後頭，以便有狀況隨時支援。

文石進到一家早餐店，叫了豆漿和燒餅油條，就大快朵頤起來。

矮子等候一會兒，也進店裡點了東西，坐在離文石較遠的角落。

擔心被認出是助理的我，則選擇坐在對街騎樓陰影下的機車上。

正因沒進到店裡，我發現除了矮子，調查局還有一組人也盯著。

一輛福斯黑色轎車裡、戴著墨鏡的一對男女，也遠望著早餐店。

十分鐘後，文石步出早餐店，走到公車站牌。這時我驚覺另外還有一組人馬也在跟著。這兩個傢伙身著運動夾克，裝作晨運模樣；但清晨的台北街頭人車稀少，有心留意一下子就會發現，而且其中一個傢伙我認得：邱品智。

暗驚警方和調查局都出動了，是怎樣啊……

文石搭上第一班公車。到站下車後腳步變快，回到法院附近停車場，啟動小白就往東區方向飛駛。可是，事務所不在東區啊。

矮子見狀跳上黑色轎車。第二組人馬上了不知從哪裡竄出的藍色廂型車，緊跟著黑色轎車。

我則招了輛小黃也尾隨著。

然後四輛車就在台北市區走走停停，約莫半個多小時後，逐漸陷在上班車潮中。在某個路口黃燈即將變為紅燈之際，小白快速右轉暫時消失在一棟商業大樓之後。黑色轎車有點急了，轉進機車道跟上；藍色廂型車也如法炮製，引來憤怒的機車族按喇叭抗議。

燈號轉綠後，幸好我搭的小黃又跟上。這時發覺小白副駕駛座上多了一個女生的背影……剛剛文石讓一個女生上了車？

興許，提供所謂機密的人除了于靖晴外，還有那個女生？文石在市調處一定堅拒透漏消息來源，為了釣出藏鏡人，市調處必須跟蹤文石了，難道藏鏡人就是那個女生？但還沒甩掉獵犬般的調查員與刑警，怎麼就讓她上車了啊……

兩個轉彎後，我請司機大哥想辦法超車。

司機大哥用「是捉姦吧」的興奮眼神瞟我一眼，非常配合地踩下油門。

殊不料就在要超車之際，黑色轎車乍然加速衝到小白之前右切，逼迫小白緊急煞車。我趕緊請司機大哥路邊停車，付了車資下車回頭，刻意裝作路人走近……

三個調查員亮出證件、拉開車門，要求車內的人下車。

但下一秒他們全都傻眼……從駕駛座下來的不是文石，是個女生！

是喵喵！

她驚恐地大喊救命，引來路人側目。我趕緊舉起手機拍攝。三個調查員慌了，一個探身進車內找文石、一個打開車後行李廂檢查是否有人躲在其內，矮子則衝過來舉手對我嚷著「執行公務！不准拍！不准拍！」

我回嘴：「你們危險駕駛差點出事還敢大聲，誰知道你們三個是不是搶匪！」

身邊的路人見狀，也紛紛拿出手機對著他拍，還有人竊竊私語：「執行公務？真的假的？」、「詐騙集團都說自己是檢察官耶」。矮子急了，亮出職務證說調查局辦案，誰再拍就以妨害公務查辦。

我大聲反嗆：「有什麼見不得人的不能拍啊？」。身邊眾多路人聽了膽子也大了，直接助聲：「敢在大馬路上執行公務還怕人拍嗎？」、「調查局有這麼矮的調查員？」、「誰知道他手上的證件是真是假」、「詐騙集團好像也會出示一些偽造的證件吧」，矮子瞬間灰頭土臉尷尬無措。

正妹當街被人欺負時，一定會得到路人的正義援手，何況現在有兩位正妹同時被欺負。援手之多，出乎意料。

這時檢查後行李廂的那個女調查員快步過來，附在耳邊說了什麼。矮子聽了大驚失色：「嘖！怎麼可能！」，並轉頭望向小白，整個人呆住。

我順著他的目光瞅去，也懵了……車牌不對！

小白前後掛著的車牌號碼變了……咦！定睛細瞧，小白居然不是小白！

喵喵開的，是與文石的小白同款式的轎車。

矮子跳腳，望向四周，哪還見文石蹤影，氣得往喵喵的車後輪踹了一腳，急急收隊上車。我衝過去一陣猛拍還大喊：「他們要逃了！誰幫這位小姐報警啊！」

望著黑色轎車揚長而去的烟塵，我在心裡罵道：哼！號稱國家的調查局、人民的調查局，遇到政治施壓就變成政客的調查局了嗎？

餘光瞥到藍色廂型車裡的人也是一臉錯愕，發現我的手機轉向他們，車就掉頭閃了。

好幾個男路人在安慰受驚嚇的喵喵。現下顯然不是問她的時機，而是先找到文石要緊。無奈他手機沒開，我又接到白琳來電，只得匆匆趕回事務所。

「可我不明白的是，警方介入又是怎麼回事？」白琳律師靜靜聽完我的描述，沉吟了片刻問道。「難道只是為了查誰打傷了于靖晴？」

「文律師沒跟妳說？」

「他只打電話來說，為了應付煩人的調查局，要我暫時接手陳佳凝案。」

「那他自己呢？」

「因為拖累了整個事務所，所以他被老闆放假了。」

「被放假？」

「三個月無薪假。老闆還約了張玉娟來談終止委任，願意退還律師費、轉介其他厲害的刑事律師接手並負擔再委任其他律師的全部費用。但張玉娟不同意。」

「不是說要去找牛找馬，現在覺得文石是神明恩賜的律師了？」

「什麼？」

「我意思是說，她不同意終止委任，那我們不就做牛做馬也得把案子辦完？」

「也沒那麼悲慘，至少我聽到文石的聲音還蠻有元氣的。」

「什麼意思？」

「他說只要按照他說的去做，不必怕對方運用政治手段干擾我們挖出真相。」

司法被政治手段介入，猶如參孫的頭髮碰到大利拉手中的剃刀，瞬間無力。有些司法人員遇到政治髒手，經常也會貌似大衛王撞見拔示巴，亂了分寸。司法最可怕的敵人不是司法人員的操守不良，也不是民眾沒信心，而是政治的髒手伸進司法體系。

很難想像那些被政治手段介入司法運作、權益被犧牲掉的案件，當事人的心情是多麼悲憤不平。

「白律師，文律師沒有到庭沒關係嗎？」審判長的詢問打斷昨天與白琳對話的回想與感慨，我把注意力拉回現實的法庭裡。

「是的。由我執行自訴代理的任務即可。」

「自訴人方面追加聲請傳訊曾燁作證？」

「是的。待證事項是被告殺人的動機。」

審判長開始對坐在證人席上的曾燁進行人別訊問。

曾燁萬萬沒想到文石居然把他列為證人要求法庭傳訊，應該也不知道傳他來會問什麼，一顆心想必吊著，所以撐著張帶有屎味的厭世臉。

「曾先生，剛才您說現在任職於市調處擔任副主任？」白琳開始進行主詰問。

「是。」

「本案前次的開庭結束後，您是否率隊將自訴代理人文石帶回調查？」

「是的。」

「請問調查事項是什麼？」

「一件違反國家機密保護法的案件。」

「是文律師涉嫌洩漏國家機密的案件？」

「基於偵查不公開的規定，我不能說明。」

「與本案所涉及的機密，是相同的機密？」

「呃，我不知道本案涉及的是什麼機密。」

「那你怎麼知道上次開庭要來旁聽？」

「有情資顯示，文石先生會來出庭，所以我們前來約談。」

「有何急迫性必須在律師退庭後立即將之拘提到市調處？」

「我們沒有拘提，我們只是約談。」

「要我請審判長調閱法庭走廊上的監視器錄影紀錄嗎？」

「異議！恐嚇證人。」曹玉涔大聲異議。

「駁回異議。證人，請說明急迫性為何。」審判長裁示。

「……」眼鏡後雙眼轉了轉，曾燁無恥地說：「有情資顯示文石有逃亡之虞。」

「情資顯示什麼事實讓你們懷疑他有逃亡的可能？」

「他今天不就沒來嗎。」

靠！夠狡猾……

「請回答我的問題，不要閃躲！」白琳提高了音量。

「基於偵查不公開的規定，我不能說明。」

「既然有事證讓你們懷疑嫌犯有逃亡可能，有無報請檢察官聲請羈押？」

「是否要收押是檢察官的職權，我們不過問。」

「你這樣的講法沒矛盾嗎？」

「沒有啊。」

我瞠目結舌：自恃懂一些刑事程序，就打算這樣死皮賴臉打混下去嗎？

「所以檢察官有沒有聲押？」

「據我所知是沒有。」

「那有將逃亡之虞的事證提供給檢察官嗎？」

「當然有。」

「庭上，請求調取證人所說文石律師涉嫌案件的偵查卷。」白琳毫不猶豫。

審判長正要說話，曾燁卻說：「案件還在調查中，尚未移送檢方。」

「那你剛才說收押是檢察官的職權？」白琳大聲質問。

「我又沒說錯。」

「市調處到底有沒有將逃亡的情資事證，提報給檢察官？」

「還沒有。」

「所以你承認檢察官沒有指揮下令的情形下，違法約談文石？」

「我沒有這樣承認。」

「再問你一次，你們約談文石所詢問的機密，與本案所涉的國家機密是否與相同？」曾燁正要否認，白琳補充：「善意提醒你，你剛才有具結保證一定要說實話，否則願負偽證罪責。」

「異議！問題重複而且誘導！」曹玉涔又以異議干擾。

「審判長，證人故意規避詰問，所以——」白琳急道。

「證人，」審判長舉手打斷，反而對曾燁嚴肅地說：「開庭前文律師已遞狀送來相關文件，有關市調處對他的調查案件本庭已知大概了，本庭已厭煩了什麼偵查不公開的說詞，這樣你清楚嗎？」

曾燁愣在當下不知如何回應。我想起平日閒聊時，白琳常提及有些調查員自恃手握調查權，就以各種脅迫、哄騙、嘲弄方法誘使當事人認罪，違法偵訊而不自知，還以破了大案伸張正義沾沾自喜，實則根本入人於罪。

許多當事人提及在調查局所受的精神虐待，莫不咬牙切齒。

是基於什麼樣的扭曲心態，會揮著正義的大旗滿足個人虛假的優越感？

審判長裁示：「異議駁回。證人應回答。」

「……是。我們問文石的案情，就是本案涉及的機密。」

白琳繼續詰問：「楠相公司承包造艦工程，為籌措營運資金，向銀行團聯貸取得十八億元，國防部也依約撥付了幾千萬元的第一、二期工程款，但約定完工期限快屆滿了，艦艇不僅連骨架都沒有完成，連造船用地都還沒著落。有人看不下去，向調查局檢舉，有這回事吧？」

「異議！誘導詰問。」這次換陳利雄提出異議。

「兩位辯護人，因為先前證人的回答顯示對詰問者的反感，有故意規避之嫌，所以本庭准許白律師為誘導詰問，這樣你們清楚嗎？證人請回答。」

審判長無異表明對證人態度的不滿，曾燁原本高傲的語氣變了：「……有。」

「調查局查了快一年，都沒有結果，對吧？」

「不是沒結果，是還在調查中。」

「那為何沒有約談楠相公司的負責人或財務人員？」

「……還在蒐證中。」

「楠相公司被內部人員檢舉財務嚴重惡化，領取的工程款和銀行借款的流向，你們有調查嗎？」

「有。」

「絕大多數的資金都已流向海外帳戶了吧？」

曾燁的表情僵硬，看來對於白琳居然知道如此多細節非常意外，不知有何顧慮，遲疑了半晌：「這部分不是我在負責查的，我不清楚。」

「十八億的款項，分兩次以各十億、八億的金額匯到瑞士一個名叫丁博瀚的人的帳戶裡？」

「……我不清楚。」

「你是副主任，對該檢舉案的調查沒參與調度？還是由你們主任指揮的？」

若回答是自己沒統整調度，恐怕會害主任被傳上庭作證吧……可能基於這樣的考量，曾燁不甘願地回答：「我有統整調度。」

「錢是匯到丁博瀚的海外帳戶？」

「是。」

「是否有約談丁博瀚？」

「這真的是偵查不公開的範圍。」

「我沒有問你約談的具體內容，我只問市調處是否有因金流入帳的事約談過他？」

「……還沒有。」

「有約談銀行貸放部門人員，了解為何財務狀況不佳的楠相公司，卻可以貸到如此高額的借款？」

「那是銀行內部評估徵信的業務，不屬於調查局會去——」

「這麼大的工程發包案，政府部門無法完全瞭解業者的財務及信用，不是都由銀行調查徵信後，出具履約保證書給業者，取信於政府部門嗎？如果銀行有配合業者作假、或是業者提供虛偽的財力證明文件，欺騙銀行，甚至進而騙取工程款再匯往海外，只剩空殼公司和違約後的爛攤子，這樣還能認為單純銀行貸放徵信的問題嗎？」

「那個案子目前的蒐證進度，沒有查到這方面的問題。」

「依你的辦案經驗，如果有這樣的事實，是否涉嫌詐欺？」

「應該有。」

「若有銀行人員涉入，是否還有背信的犯罪嫌疑？」

「應該是。」

「若有公職人員介入關說、施壓或是協助詐欺，有無共犯或是圖利罪嫌？」

「妳這些都是假設性的問題。」

「請庭上提示文石律師開庭前具狀所提出的資料。」

通譯接過法官轉交的卷宗，遞到曾燁面前。白琳說：「請看陳報狀附件的檢舉書，上面針對我剛才的假設性問題都有具體陳述事經過。這份檢舉書與你所說涉及國家機密的案件，檢舉人所提出的是否同一份？」

「……」

「請回答是不是？還是因為有人施壓以致高層下令不准調查、所以你不知道有這份檢舉書？」

「……是同一份。」

「另外錄音譯文中詳細記載兩個人的對話，請看一下代稱甲的部分，是否與你在市調處訊問文石時所說的話一致？順便看一下代稱乙的部分，是否與文石的回答一致？」

嘲諷、恐嚇、脅迫、誘導，三個調查人員輪流對文石的各種施壓對話全部在這個錄音檔中，幾天前我聽打成譯文時氣到火冒三丈，讓馬克杯從桌上跳起來好幾回。

個人彷彿被雷打到，打死沒想到訊問過程被文石錄音，他提高音量：「這違反偵查不公開，將偵辦中的案件資料洩露，是違法證據！」

審判長冷冷插嘴：「本庭對於本案已不公開審理了，你不必再擔心洩密問題。」

曾燁的臉頰爆紅，看了錄音譯文半晌才洩氣般說：「……一致。」

「從剛才你的證詞來看，檢舉書檢舉的違法事實市調處沒有積極偵辦，但文石在本案聲請調取銀行匯款資料，市調處就立即以涉嫌洩密偵辦，是不是有人對調查單位施壓的結果？」

「不可能！我們是國家的調查局、人民的調查局，一切案件依法辦理，不是哪個人施壓就能影響偵辦方向的。」

「不是被告康美菊透過政府高層施壓的結果？」

「不是。」

「那我請文律師下次提出被告康美菊跟你們某位主任關說施壓的證據，再請法院傳訊你來查證？」

「下次？……我是沒有被施壓——」

「主詰問完畢。」

詰問曾燁的過程已讓我夠瞠目了，詰問法醫的結果更讓我納罕。

文石請白琳代為詰問的重點，是陳佳凝的死亡時間。

「鑑定報告記載，陳佳凝的死亡時間在晚上七點至九點之間？」白琳瞄了一眼文石寄給她的題庫。

「是。」法醫推推鼻樑上厚重的眼鏡，看了一眼審判長提示的鑑定報告。

「如何推斷？」

「從測量肝溫、觀察屍斑深淺、屍僵程度的結果來研判。」

「這是確定的時間？」

「是依我的專業知識與驗屍經驗所計算出來的時間。」

「是確定的死亡時間？」

「不能說是死亡時間，我們會說是估算時間。」

「依相驗證明書所載，死亡日期是去年九月一日？」

「是的。」

「當天的氣溫是幾度？」

「異議！無關聯性的詰問。」曹玉涔還真是不錯過任何可以提出異議的機會。

「白律師？」審判長也不解這個問題與法醫剛才所述有何相關。

「審判長，三個問題內若無法顯現關聯性，同意將問題及證述都從筆錄刪除。」白琳瞥了一眼桌上的題庫小抄。看來文石連問到這裡可能會遭辯護人異議都事先預想到了。

「法醫請說。」審判長准讓白琳問。但法醫還有點困惑：「我不知道。也不知道這個問題的意義何在。」

「這麼說來，本案死者的死亡時間，您是以肝溫、屍斑、屍僵這三項客觀情狀來判斷？」

「異議！問題重複。」陳利雄大聲道。

「庭上我修正問題。」白琳不待審判長裁示，即改問：「本案死者的死亡時間，您是只以肝溫、屍斑、屍僵這三項客觀情狀來判斷？」

「異議！問題還是重複，剛才法醫已經答過了。」陳利雄再次異議。

「您的回答還是一樣，就是以這三個狀況來判斷？」審判長先問法醫。

法醫貌似有些猶豫，但仍然點頭說是。審判長因而裁示：「異議成立。請換其他問題。」

「既然如此，庭呈中央氣象局的天氣歷史紀錄表附卷為證。」白琳將文石準備好的資料交付庭上。「請問法醫，季節氣候、環境溼度和大氣溫度，是否會影響屍溫？」

法醫的臉色有了變化：「……會。」

「氣溫愈高，屍冷速度是否愈慢？」

「呃……是。」

「依我剛才呈給庭上的紀錄表，案發當晚本市的溫度高達三十三度，過了子夜後才降為二十八度，溼度則是一立方公尺八十克，算是高溫高溼，這樣的客觀環境，對於研判死亡時間是否有影響？」

「……有。」

「若將這兩個因素考慮進去，陳佳凝死亡的估算時間，是否應考慮往前提早？」

「是。」

「往前推定一小時，也就是可能在晚上六點就死亡了，是否合理？」

「不，應該往前推兩小時。」

「也就是說，應該推定在五點至九點之間死亡，對吧？」

「……是。」法醫有點難堪地答道。

頭頂一陣麻炸開來！我在心底大吁口氣：丁博瀚的不在場證明破了。

第十一話

從大樓陽台被人推下的陳佳凝，頭朝大樓、腳朝馬路，陳屍後在大樓後方的水泥地上，因地處偏僻沒有立即被人發現，死亡時間沒有目擊者情報，只能用科學鑑識方法推斷。但是……死亡時間怎麼會推估錯誤啊？這對法醫來說不是最基本的日常嗎？

「我原先的想法跟妳一樣。」白琳聽完我的質疑，揚了揚眉：「可是文石說，死亡時間其實是最複雜、最艱難的鑑定項目，只不過司法實務上常有專業迷思，鮮少有人去質疑法醫或鑑定人員的專業推斷。」

「我還以為人死了之後，體溫就從正常溫度一路往下降到僵硬……連氣溫幾度跟屍溫的關係都知道，文旦的腦袋裡都裝些什麼呀。」

「別看他孤僻怪異，別人花時間在社交時，他可都在研究一些奇奇怪怪的東西。」她彎彎嘴角：「我就看過他把花生放進汽水裡加熱，想研究多久的時間能將二氧化碳排光。」

「這樣正常嗎？」

「不正常，而且對人生沒什麼幫助。」

我們不約而同噗嗤笑出聲。

就在捷運即將進站時，有簡訊聲響起。她從包包裡取出手機點開來看，臉上愀然變色。我靠過去看：在法庭上若再亂說或提出楠相的有關文件，後果自負。

「可惡！恐嚇嗎？我幫妳報警。」我瞪著未顯示來電號碼的寄件人憤慨道。

「先不要。」她將簡訊轉傳。半分鐘後，文石轉傳的簡訊，讓我們傻眼。

下個月律師公會就沒有一個叫文石的會員了。走在路上請注意安全。祝你健康一生平安，不會遇到血光。珍惜最後的相處時光吧，你家人姓名住址我都有了。你事務所的滅火器過期了沒有，最近可能有需要用到喔……

滿滿的恐嚇，全是已寄給文石的。

文石最後傳來：把案卷還給我，下次還是我自己出庭吧。

本以為白琳會如我一般憤怒又擔憂，可是她卻恢復平靜。

「真的不用報警嗎？」

「不用。」她把手機收了起來。「法律人如果怕事，就不要唸法律了。」

出了捷運站，步行來到紫羅蘭門前。排隊人龍的長度比上次還嚇人。

雖然有事先預約，但怕被人誤會要插隊，我和白琳悄悄從後門進去。

工讀生美眉帶引入座後，紫娟瞥見我們，綻著笑靨靠過來：「哈囉！」

「嘩，妳這裡每天都這麼多人啊？」我驚奇問。

「自從文律師放假後，每天都有人來抗議啊。」美眉為我們倒水，笑著說。

「抗議？」

「因為訂不到位子呀，預訂的人已排到三個月後了。」

「這跟文律師被放假，有什麼關係？」

「文律師突然被放假沒地方去，跑來說要幫忙，沒日沒夜躲在廚房研究了三天，幫我們設計出『御饍限時絕版料理』，每週都推出不同菜單，這週沒吃到下週就沒得吃了。因為太好吃，引爆網路上瘋傳，結果就變成現在這樣了。許多訂不到位子的客人黑化成網路酸民，一天到晚造謠紫羅蘭，說什麼食物裡有蟑螂、杯子裡有菜瓜布，連衛生局都上門稽查好幾次。稽查人員不僅查不到什麼違規，下班後居然也來排隊吃晚餐。」紫娟見工讀生美眉被別桌客人喚去點菜，接著說道。

「下週就沒得吃了？」

「因為是絕版料理，過了這週以後就永不再推出了。」

「喔唷，是搞飢餓行銷呀。」我故意用酸酸的語氣說。

「不是不是，是真的很好吃啊。」紫娟睜圓了大眼，非常認真地說：「第一週他推出的『密室殺人烤春雞』，吃過後的第二天我還想吃，拜託他再做，他死都不肯！」

「不肯？」

「我是星期天晚上才吃到，次日算已過了一週，他就說沒興趣再做烤雞了。」

「妳是老闆，為什麼拖到最後一天才吃自己店裡的料理？」

「那道烤雞還是有位客人點菜後突然接到電話被通知家裡失火了、帳也沒結就跑回家、多做的那份打烊後我餓了才有機會吃到，不然是今生都沒吃到呀！」她臉上居然有著無限惋惜與悔恨，害我心裡都癢了起來，嘴上卻忍不住：「烤雞而已，請其他師傅做不也一樣，什麼密室的殺人雞？嘩眾取寵而已吧。」

「不不不，我請店裡的師傅偷做看看，師傅們都做不出那個味道。」

「真有那麼好吃？」白琳不可置信地瞟了一眼店裡滿出門外的客人。

「文律師真的是被法律耽誤的神廚啊。」紫娟如此讚嘆。「接下來幾週的『不在場證明焗龍蝦』、『時刻表詭計炸羊排』、『交換殺人煨黃魚套餐』，我都搶先第一個點！天啊，吃過之後，我真慶幸自己曾活過這一遭啊！」

「需要這麼浮誇嗎。」我話雖如此，但她臉上的幸福，卻不覺得是演出來的。

「還好妳們事先訂了位，我掛上電話就幫妳們保留了今天的限時絕版料理：敘述性詭計煎菲力！不然妳們絕對吃不到。」她說完直接在菜單上勾選，就飄進廚房了。

「我還是不相信。」我低聲對白琳說：「妳還記得文石以前亂煮什麼鬼東西把我們當實驗品餵的事吧？」

「嗯嗯嗯。」白琳立即驚恐的點頭。

「像餿水吧？噁死了！」

「嗯嗯。可是，」她瞄一眼店裡：「這麼多人搶著來吃餿水？」

「呃……這個嘛……」我摸摸下巴，難以理解。「會不會是別人做的？」

十分鐘後文石親自端著兩客牛排上桌：「聽說妳們懷疑本店推出的限時料理是別的師傅做的，再假裝是我研發的？」

望著他臉上的汗水和白色圍裙上的醬漬，我立馬否認：「哪有！」

掀起蓋子，入眼的牛排之華麗，香氣之銷魂，讓我慶幸剛才有違心的否認過。

我和白琳立馬拿起刀叉嗑了起來。他坐在我們對面，問我們今天開庭的情形。

我們從頭到尾都不理文石，甚至對於他幹嘛打擾我們用餐，開始覺得煩躁。

當你正身處藐藐無際的青翠草原上，與軟嫩多汁的牛群一起奔馳跳躍，鼻腔裡舞動著各式果香小天使，洋芋、腰果、松露與橘子牽著手，帶著牛哞哞一起在自己滾動的舌上沖浪，這時卻有人跟你討論讓人腎上腺素直飆的法庭，你會不會覺得那討論的聲音像隻蒼蠅在耳邊飛？

他見我們都不搭理，搔搔後腦：「妳們不想知道這牛排怎麼做的？」

「嗯嗯嗯。」我們一起力點頭。

「其實不難，就只是用低溫烹調法而已。」

「不會啊，剛才不是熱滾滾滋滋作響的端上來嗎？」

「低溫烹調，全名為真空低溫烹調法，又稱為舒肥法，是二十世紀中期法國餐廳開發的。在進行低溫烹調之前要先將食材放入袋子中，然後抽真空密封；接著再放入熱水中，藉由熱度緩慢讓肉熟成，以達到肉質軟嫩多汁的口感。」

「這樣能殺菌嗎？肉會熟嗎？」

「真空不就能殺菌了嗎，所謂熟成，也不過就是化學上的鍵結斷裂、蛋白質分子結構改變而已。我用的是一種佛系烹調法，設定好溫度跟時間後就讓它靜靜的躺著，我也靜靜的等候，然後它就熟了，而且鮮嫩好吃。不用看火侯、不用翻炒也沒有油煙，上桌前再用滾油澆一下，讓表面焦香即可——咦，看妳的表情，似乎還是不了解？我換個方式說吧，就像今天妳們出庭詰問法醫所提到屍體與溫度的關係一樣，屍體本身有溫度，但經由環境的氣溫就會左右它的降溫與僵硬程度——」

不待說完，我舉起手中的叉子作勢要往他身上扠：「去死！」

他嚇得跳起來。白琳掩嘴笑到發顫，趕緊取出案卷，拉他到旁邊去交代經過。

不過，幸好今天有吃到這道料理，不然真的會死不瞑目。

沒吃到文石的限時料理會死不瞑目，吃完看到邱品智的厭世臉卻覺得白目。

「大神探，抓到打傷于靖晴的兇手了？」

「……還沒。」他在我身邊落座。「是有事想請教妳。」

回味敘述性詭計煎菲力的美，一下子毀在他煩悶的眉，我望著馬路上的車潮：「于靖晴的案子我們知道的，上次都告訴你了。」

他苦笑：「我知道妳有時對我們警方的辦案態度和效率不太滿意，但請體諒我人在江湖，許多事身不由己。」

「這些話，好像跟于靖晴說比較適合。」他只比我大幾歲，鬢角卻開始斑白，我嘆了口氣：「唉。在不違反保密義務的前提下，我儘量警民合作。」

「謝謝。請問那個出租情人是怎麼回事，妳知道嗎？」

「你自己上網去試試就知道了。」

「我試過，但是網路上已經找不到愛情專賣店了。」

「很正常。因為你們警方總是慢人家調查局好幾拍。」

「追查于靖晴案時，我們發現一個可疑傢伙，從查扣的電腦裡發現他似乎和愛情專賣店有關，于靖晴的電腦上網紀錄裡也發現她多次登入那個網站，可惜網站已經關閉撤掉。再怎麼逼問，那傢伙都顧左右而言他，于靖晴又還沒醒過來，那天在法庭上聽到文律師提及那個網站——」

「你絕對不是因為這個才去法庭旁聽的吧？」

「聰明。我常覺得文石那傢伙如果不是有妳幫他，不知道會出多少事。」

「請不要把訊問犯人扮白臉那套拿來對付我。」

「我去旁聽是因為調查局搶在我們之先、介入康美菊案的偵辦，上級得知拍桌子罵人了。」

「康美菊案的偵辦？」

「她和她先生丁錦垣涉嫌利用政商關係，幫楠相公司掏銀行資金的案子，我們警方早就在偵辦的。調查局最近忽然插手，還向我們要求提供已查到的資料。」

喔喔喔，暴龍與迅猛龍爭食了。我撇撇嘴角：「就說你們動作慢了吧。」

「不是我們動作慢，是案子被上級壓住了。」

「要壓案不讓你們辦、又嫌辦案太慢被別人搶先，你們上級人格分裂？」

「是前後兩任不同的上司做的決定。」

「一個單純的案件要搞兩種決定，會不會太扯？」

「政黨輪替的結果，上面的人要走要留也是身不由己。」

「算我錯怪你們上級了。不過，當時案子被壓，是什麼原因？」

「上級說是當事人透過高層，對內政部長關心，部長就打電話來施壓啦。」

「難怪我覺得自己沒資格從政當民代，也沒能力當大官。」

「現在好多年輕選民不論政見能力，只看顏值就決定投誰的。妳這麼漂亮，只要願意，光是顏值票至少就能拿下一席議員了。」

「沒辦法。我不夠無恥，心也不夠黑。」

見他笑得淒苦，我佛心來著，就把愛情專賣店的情形跟他說了。

聽完我說自己擔任派遣員時遇到的狀況，他眼睛忽然一亮。「那個約妳去看電影的體驗者，是不是一個很壯的傢伙？」

「嗯啊，但暱稱卻是小草。」

「他叫薛曉晁，就是我說的那個可疑傢伙。那個網站估計就是他設的。」

我打量他半晌，看得他臉上一陣陰晴：「怎、怎麼了嗎？」

「你認為那個網站就跟色情援交網站沒兩樣，對吧？」

「不是嗎？」他說得理所當然。

不理會他在身後錯愕地喚道：「公車來了耶！」，我氣得起身掉頭就走。

這個邱品智刑警當久了，腦袋就逐漸鐵僵啦。

但如果我照原訂計畫搭公車去台北車站，就不可能發現身後被人跟蹤著。

因為經過商店時，我習慣會瞄一眼櫥窗玻璃反映的自己，檢查一下儀容。

這種情形下，發現了那個墨鏡男。

就是上次在事務所地下停車場，用相機偷拍我和文石的那傢伙。

今天他沒開車，但他的墨鏡還是引起了我的注意。畢竟今天是陰天。

到底想幹嘛……敢跟蹤本姑娘，算你眼睛糊到蜊仔肉。

我邊走邊舉起手機同時撥撥髮際，貌似在整理臉上的妝，實則自拍了幾次，再若無其事往前走，迎面見到學生模樣的兩個女生走來，立即笑著靠上去：「嗨！小欣、小佳，好久不見！」

她倆一臉錯愕，我用身體阻隔她們與墨鏡男：「先加個Line吧，以後才方便聯絡呀！」，將手機遞到她們面前，畫面上卻是剛才自拍的照片。我把畫面放大，集中在身後的墨鏡男，然後悄聲說：「這個變態跟蹤我，可能要偷拍我的裙底，請幫我報警……」

她倆杏眼微睜，其中一人立即拿出手機將照片翻拍，任何路人看了應該都覺得我們在加好友。然後我大聲說：「我趕搭高鐵，保持聯絡唷。」

再繼續往前走了二十幾步，就聽到後面有人大聲喝斥：「這位先生，請等一下！麻煩你把手機借我看一下！」

返身，那兩位可愛的妹妹幫我找了兩位制服警察堵住了墨鏡男！呵呵。

我輕快地踱過去，：「警察大哥，他鬼鬼祟祟的，我好怕呀。」

警察一人檢視他的手機，一人質問他剛剛在幹什麼。開始有路人駐足圍觀了。

他低聲跟警察說些什麼。我靠過去想聽，他就噤聲，但從上衣口袋掏出個什麼給警察看；警察微微頷首，立即把手機返還就讓他走了！

怎、怎麼回事？

「美眉，妳可能誤會了，那個人不是在跟蹤妳。」

「怎麼可能？」我滑出手機裡好幾張自拍照給他們看，每張身後都有那傢伙的賊樣。其中一個警察跟我說：「我看過他的證件，他確實是刑警。」

「刑警？」白琳聽我說完，驚訝地問：「那妳沒跟文石說？」

「說啦。結果這次他真的完全不讓我再碰陳佳凝案，連旁聽都不准我去。」我嘟嘴不滿：

「什麼嘛，又不是我的錯！」

「他上次就說警方內部有奸細，應該也是為了妳的安全。」
「我才不怕！」
「重點是那個刑警跟蹤妳是什麼目的？」
「我跟文石說了，他說目前無法推測，恐怕來者不善。」
「那妳來找我，是有什麼我能幫忙的？」
「他從來不會像這個案子這般嚴肅謹慎，我有點擔心文石，希望妳能幫他。」
「搞到調查局上門來搜索扣走了許多電腦、林律師都生氣了，連律師都被恐嚇多次，這絕非單純跳樓自殺案，是政治力介入司法、是檢調單位墮落的案子，我超想叫他終止委任了，還能怎麼幫他？」
「不是，我覺得這個案子會找上文石，好像哪裡怪怪的。」
「妳不是說是張玉娟看了妳的書，覺得文石很厲害才找上門的？」
「希望真的如此……不論如何，妳至少幫我注意一下，有時我忙老闆交代的事，不一定能掌握他的行蹤。」
「唔？妳想幹嘛？」
「我只是想知道那些幕後的人到底在搞什麼鬼。」我還想說下去，白琳對我伸起手：「出庭時間到了，回來再聊。」起身拎起公事包衝出辦公間後，她又從門外探出半身：「我會注意文石的。」

我幫她收拾辦公桌上的凌亂和將卷宗歸位後，吁了口氣，癱在茶几旁的小沙發上，拿起手機點開幾個小時前收到未顯示來電號碼的詭異簡訊：

陳佳凝墜樓案，讓妳有什麼感想？

第十二話

在收到陳佳凝案最後一次開庭通知的次日，時節已進入梅雨季。

連續幾天的陰雨霏霏，空氣裡的溼氣攪得心如懸旌。

白琳律師下班時經過我辦公間，忽然又拐回來探頭：「芝，妳要走了嗎？」

「還要一會兒。」我停下鍵盤上的手指：「什麼事嗎？」

她靠近我辦公桌低聲說：「文石晚上要去約會？」

「蛤？我不知道啊。」

「白天我們在公會等開庭，聊到陳佳凝案，他說現在只欠臨門一腳了。我問是什麼，他正要說，手機有簡訊聲。他和對方用簡訊聯絡了什麼，就微笑說臨門一腳來了。」

「什麼意思？」

「我靠過去偷瞄，對方簡訊說什麼：上次那個錄影檔案，我願意買。文石回說價錢面議，對方就約他在桃園見面。」

臨門一腳？心窩一熱，我決定此趟非跟不可。可他堅絕不讓我參加調查……

身為助理有時會幫他開車，所以有小白的備份鑰匙。我搶先一步躲在小白的後座啃三明治、滑手機，等他下班。
一個小時後他上了車，完全沒察覺躺在後座的我就啟動引擎。直到快到桃園了我才坐直身子幽幽地問：「臨門一腳到底是什麼？」
他被嚇得睜圓了雙眼，身子還因此顫了兩顫。我樂得哈哈大笑，撥開披在臉前的長髮：「哈哈哈哈……我很適合去演恐怖片吧？」
他吐了一大口氣：「搞什麼，妳怎麼會在車上？」
我爬到前面的副駕駛座：「喂，誰約你來桃園啊？上次說要賣什麼祕密偷拍檔的不是喵喵嗎？她把檔案賣給你了？是誰要跟你買呀？難道是丁博瀚？你如果又賣給丁博瀚，豈不是違反律師倫理？咦，不會是康美菊吧？太勁爆了吧！」
「什麼跟什麼！妳噼哩啪啦問一大堆，不怕氣喘不過來嗆死了嗎。」
「呵呵呵，誰叫你不讓跟，人家總要更新一下進度嘛。」
「妳呀，不要妳參與是為顧慮妳的安全。」
「不對，若你有那個檔案，康美菊莊啟揚就一刀斃命了呀，需要賣給誰嗎？」
「我也正想這樣問啊。所以妳終於醒了？」他轉動方向盤，車子轉進快速道路奔馳：「傳簡訊給我的確實是丁博瀚。他以為喵喵已經將錄影檔給我了。」
「但你沒拿到……那你拿什麼賣給他？」
「我打算套他的話，再將對話錄下來，當作證物。」

「他為什麼會認為幫張玉娟告他的律師一定會賣？」

「我主動向他表示已經拿到了，還向他開價。」

「這樣他就信？不擔心你是騙他的？」

「我擷取一小段寄給他，他就信了。」

「那你又說沒拿到檔，寄什麼給他？」

「我們潛進吉揚大樓時妳不是拍了現場嗎。我說這是陳佳凝生前所留最後影像的一小部分。」

「喔！聰明！」我忍不住擊掌叫道。「這麼重要的時刻，你居然不帶我去。」

「小姐呀，妳這樣說我膽顫心驚呀。對於紫娟我已經很歉疚了，別忘了于靖晴還沒醒啊。」

「我知道你擔心我。其實你不必因為她們的事有陰影，有我為你帶來光明，你就會走出陰影的。哈哈哈。」

他卻完全笑不出來。

一道強光突然渲進車內，透過照後鏡反射，我不禁舉掌擋在眼前。

那遠光燈的光束愈來愈強，表示車愈來愈接近，而且速度極快。

「幹嘛呀……」我話還沒說完，他猛踩油門，引擎一陣低吼，車身立即往前暴衝。

僵硬地伸臂抵住前方置物箱，在我回過神來之前，他急轉方向盤，車子旋即轉彎企圖閃過追撞。但後車緊追不捨，砰的悶響，直接撞上「小白」的後廂，震得我們往前噴，若非繫著安全帶，非衝破擋風玻璃不可。
「報警！」他繃著臉再加速，暫時拉開雙方的距離。
我伸手在包包裡慌亂地撈手機：「到底是誰呀……」
「我們可能失算了……」
「啊！」又一次砰的悶響，背上一陣撞擊，手機瞬間噴出手中飛撞擋風玻璃，我不由得尖叫。
把油門踩到底，小白像支箭般衝破黑夜裡的雨幕，迅速拉遠距離。
我回頭，發現後車是輛車身較高的灰色休旅車，鬼魅般緊跟不捨。
撈起摔在腳踝旁的手機，抖著手指才點出１１０，正要按下通話鍵——
轟！
眼前景物剎那間天旋地轉，手機飛噴出去、長髮飛撲空中……
轟！轟！
擋風玻璃化為密麻蛛網、車窗玻璃碎成星子飛散車內各處……
轟！轟！轟！
在整個世界終於停頓下來後，耳裡剩下塞滿嗡嗡的尖銳聲……
全身襲來劇烈痠痛，頸部被安全帶勒得死緊。
轉頭髮現他被擠壓在車頂，臉部被頭上淌下的血覆蓋，毫無動靜。
扭曲的車窗上方出現黑色廂型車，車門打開下來一雙靴子，迅速朝我們走過來……

在失去知覺前，我用盡力氣：「文石！快醒來！」

快醒來……

幽遠山谷遠方興許傳來這般叫喚的迴音，舉目四顧卻沒見人影。我想打人，想到頭都好重好痛，因為煩躁。畢竟那句話一直鯁在胸口悶得難受：陳佳凝墜樓案，讓妳有什麼感想？

感想？就很扯很瞎啊。那些手握公權力的司法人員到底在幹嘛！

檢察官為了什麼考績趕著結案，就不起訴處分了，說好的勿枉勿縱呢？

沒有積極證據當然要推定無罪、不能冤枉無辜，但勿縱呢？坐在冷氣辦公室裡等被害人自行蒐證提出，不然就無罪推定不起訴，那把名為公權力的劍交會不會被放到生銹啊！

快醒來……給我醒來呀……

到底是誰在叫嚷？望向週遭一片蒼茫的白霧，完全看不到其他人存在；我伸手向身邊揮舞，全身猶如被掏空般，除了溼冷從腳踝傳上身外，只剩腦袋裡還有些思緒……另一個很扯很瞎的是，為什麼那些政客的手可以這麼輕易就伸進司法個案來攪和，因為警方的人事受政黨箝制？調查局經費必須看政客臉色？還是內部派系與意識形態作祟？那些辦案總在喊司法獨立的傢伙給我出來說清楚……

快醒來呀……阿芝！醒來！

誰在叫我啦。想回應，緊縮的喉間只能發嗚呃聲。仔細想想，覺得叫我的聲音很熟悉，彷彿在很久很久以前在某個山區裡行走時曾聽過。那時我還在唸小學，因著自以為是的正義幫別人出頭、居然被壞人擄走放生在山區，有個小男生幫我脫困還揹我回家——還來不及回想起那段往事的全貌，臉頰乍然一陣火辣刺痛並傳至全身，頓時五感與力氣回來了……

「快醒來阿芝！」

「我醒了我醒了、別拍了。好痛啊！」無意識地嚷著以免臉頰被拍的疼感繼續。用力睜開眼，發現臉頰垂在文石肩上。周圍都是高過於人的植物，遠方有幾點燈光，幾陣涼風拂來讓我瞬間清醒，從腳踝拖浸在泥巴裡，察覺到身在……

田裡？剛剛不是還跟文石在車上開玩笑嗎……

「妳能走嗎？」他大口喘著氣問。

用了幾秒搞清楚狀況。大雨已停。四周漆黑。遠方火光在燃燒著翻覆的小白，讓我可以辨識出沒有車輛經過的路面。而自己被文石揹在背上，文石則在田裡奮力奔跑著。返頭，發現他狂奔的原因是身後十公尺處有幾個黑影追著。

「放我下來，打架我可不怕！」

他奔至田邊的一座鐵皮農舍。才將我放下，幾聲爆響，身邊鐵皮屋乒哩啪啷電光火石炸出幾個洞，空氣裡還有濃嗆的煙硝味。

「啊——有鎗啊！」我驚出一身冷汗放聲尖叫，立馬跳回他背上：「快跑呀！我怕！」

他踢開門衝進農舍，把我放下要我躲好，順手抄起一支長竹竿就衝了出去。

鐮刀、農藥瓶、肥料包、竹掃帚、水桶水管……我慌張地尋找防身武器，沒一樣好使的。門外這時已傳來搏擊的喝斥聲，連續兩響爆裂聲炸開，隨即有異物彈擊身邊金屬水桶的脆響。我尖叫大喊Holt shit、心裡撤幹六譙，縮著頸子探頭，瞟見文石啪的一竿子打向那個持鎗傢伙手腕，再掃向下巴，竹竿整個迸裂炸開，刷得對方慘叫連連，倒身在地。

我見機不可失，把農藥空瓶扔向其他人，再衝過去狂踩那傢伙的手，逼得他甩掉手中的鎗，我旋即將鎗踢進漆黑的田裡，再狠踹他兩腳，嚇得他倉皇逃開。

這時身後傳來男生的怒吼叫囂，返身見五個壯漢圍著文石拳打腳踢，文石擊退其中兩人另三人就蜂擁攻擊，文石踹倒三人另兩人就從背後偷襲，使得文石打得踉蹌辛苦。我氣得脫下滿是泥巴的高跟鞋往其中一傢伙後腦門猛敲，只敲一下他就抱頭癱在地上鬼嚎。

所謂打蛇七寸，用高跟鞋打尤其致命。

少了一人糾纏，平日就有在健身和練武術的文石應付起來就游刃有餘了，左邊拳擊喉部、右邊下踹後膝，雖然也挨了對方幾球棒，但因快速準確擊打對方要害，原本的殺氣騰騰很快變成哀聲連連。眼看局勢就要反轉，殊不料耳邊一聲爆響，嚇出我的尖叫，下秒我就被人抓著頭髮和手臂：「不想她死就住手！」

看不到身後的混蛋，只覺得他一身汗臭。我猜頭頂的灼熱是因為被鎗口抵著，不然文石也不會立馬放下緊握的拳頭。

那四個被他擊退的壯漢一擁而上，對他一陣暴打亂揍。我急得大叫救命，頭髮卻被扯得更緊：「妳再叫試試看！」

我發誓一有機會定要把這傢伙扯成禿子！

抱頭蜷縮在地上，文石卻一聲悶哼也沒有，該不會已經……我心涼了。

他們打累了才住手，其中兩人開始搜他的身，結果只翻到一本小冊子。

身後的混蛋叫被我敲後腦的傢伙看。那傢伙開了手機上的電筒，快速地翻著冊子，咕噥著說：「奇、奇怪，都是……做吃的？」

「什麼？」混蛋放開扯我頭髮的手，一把搶過那冊子狂翻：「怎、怎麼……」

我用盡全力狠踩他腳踝、踹他下體：「烤春雞！焗龍蝦！炸羊排！煨黃魚！把你踹成敘述性詭計菲力！」

那混蛋痛得哇哇慘叫。敢扯我頭髮就得嚐嚐我高跟鞋的威力。

不過痛快不到幾秒，後腦一陣強烈暈眩襲來，我全身癱軟在地。劇烈疼痛感壓迫得緊，開始擔心像于靖晴那般……我忽然知道這群混蛋是誰了。

斜揹身上的隨身包被硬扯下來，兩個混蛋就著手機光線翻找，另一個粗暴地搜我身上。我毫不猶豫往他手腕咬下去，被他怒叱幹哩娘，並一巴掌甩在臉頰，我本能地痛到尖叫。這時身後有個聲音冷道：「不要找她麻煩！你們要找的東西是這個吧？」

所有的混蛋停下動作，轉向文石。文石從他的鞋縫裡取出什麼。

依稀可以看出那是一支隨身碟。他們衝上去奪下來，有人三字經恨恨地罵文石早不拿出來，害他們那麼累。

文石任由他們拳毆腳踹。就在我要放聲喊救命時，爆竹般的爆聲震得我耳膜嗡嗡作響，所有的人都被嚇住。

「警察！誰敢再動看看！」兩個身影背對著微熒路燈，其中一人喝斥：「你！把東西拿過來！」

拿著隨身碟的傢伙畏於對方氣勢和冒著煙硝的鎗口，小心翼翼上前卻突然將東西丟在地上，並與其他混蛋趁機一哄而散。年輕的刑警衝出去想追，中年刑警出聲制止：「別追了，他們人多，回車上通報警網叫支援。」

他們過來把我們扶起來。「還好吧？送你們去醫院。」

我鬆了口氣，全身無力。

上了偵防車，才有種逃出地獄的重生感。

我連聲道謝：「幸好你們趕過來，不然這種偏僻地方，死了都沒人知道。」

駕駛座上的年輕刑警說：「勤務指揮中心通報說有人路過看到火燒車卻沒見駕駛，還聽到遠方有鎗響。」

「你們到底是惹到誰了？那些人看起來像黑社會的。」副駕駛座上的刑警操著菸酒嗓問。

我望向身邊，文石的臉腫得可怕，剛才可能被毆擊到腦部，整個人恍惚，額上傷口不斷淌血。我只得脫下外套幫他按壓住：「這要問我家文律師，可是他好像傷得很重。麻煩開快點。」

警笛聲大作，車子加速往市區疾駛。進到市區後路燈與商家廣告燈稍稍讓人安心；我對文石說不要緊、再撐一下馬上就到醫院了之類的喃語。驀然，我發現文石伸起右手食指在唇邊……

鍵盤聲。除了警笛聲外。

急診室裡，我怔怔地望著護士用藥棉擦著我小腿上的傷口，腎上腺素消退後的疲憊讓全身乏力，腦袋裡全是剛才的畫面不停回轉。那人我一定在哪裡看過，只是疲憊讓人思緒困頓，翻尋記憶匣子的速度變得特別緩慢。

護士也許想判斷我精神狀態，以輕鬆口吻問：「妳發生什麼事？車禍？」

「被人製造車禍。被開鎗追殺。被脅迫恐嚇。被毆打。正當防衛。」

護士的手不由得顫了顫，故作鎮定說：「……這麼精彩？」

「唔。所有的精彩，都是辛苦換來的。」我不想再將快累格的記憶力用在回想今晚的遭遇，轉移話題：「他的傷很重嗎？」

「推去照核磁共振，檢查腦部是否有傷，還沒回來。」

護士離開後，我癱在病床上，傾盡全部思緒回想那人是誰、在哪裡見過……

須臾，我像被電到般跳起來，翻出隨身包裡的手機，點選了邱品智的電話。

半小時後，白琳衝進急診室，神情緊張地問發生什麼事，還不停檢視我的傷勢。我說應該是打傷于靖晴、砸毀紫羅蘭的那幫人幹的，揣度目的應該是要搶奪有關陳佳凝案的關鍵證據，由此也不難推知幕後是受誰指使的。

至於是什麼證據，目前恐怕只能問文石了。

她扶著拐著腿的我一起到文石的病房。來量體溫與血壓的護理師說他頭部受重擊，腦壓有點高，照完核磁共振後在點滴裡加了些鎮定劑，醒來還要時間。

我們只得坐在旁邊的家屬椅，邊等邊小聲討論。

如今身陷險境的原因，我想來想去，怎麼都跟檢方的怠惰偵查脫不了關係。

「妳說那些看重辦案成績的檢察官、辦案品質卻不怎麼樣，到底是什麼貓膩造成的？尤其是那些宣稱依法獨立行使職權的檢察官！」

「小聲點！也不用氣成這樣吧。」

「怎、怎麼不氣！」我盯著文石臉上的瘀青與氧氣罩，牙齒咬到發疼，話都哆嗦了：「若非那些腦袋不清的傢伙，我們會如此狼狽嗎？」

白琳沉吟半晌，貌似找不到反駁的理由，最終嘆了口氣說：「一個地檢署少則幾十個、多則上百個，妳覺得怎麼樣的檢察官年終成績應該給高分、哪些該被評為未達良好？」

「當然是辦案認真、查明真相的檢察官啦。」

「如果只有一個名額，妳認為怎樣的檢察官應該升職？」

「當然是公正客觀、勿枉勿縱的檢察官啊……不是嗎？」

「當然不是啊。」白琳看我的眼神，彷彿我只是個天真的小女孩。「以前檢察官的考績分成甲等、乙等和丙等，差別在甲等可以領一個月的考績獎金，乙等可以領半個月的考績獎金，丙等則是沒有。後來法官法施行後，考績改稱職務評定，但本質上並無不同，分成良好和未達良好兩類，考績良好的可以領考績獎金，未達良好的則沒有獎金。以菜鳥檢察官來說，月薪約新台幣十萬元，所以能不能領到考績獎金，對荷包影響很大，而且歷年考績對於日後升遷、能否升任主任檢察官，也是重要依據。」

我點點頭表示理解。她繼續說：「但究竟該如何評定檢察官的考績呢？制度上的規定是要參考結案件數、結案速度和辦案維持率等表現來評定，而不是妳所說的真相查明、勿枉勿縱或公正客觀。」

頭點不下去了。我蹙眉：「如果想要考績好，就要每個月的結案件數多、結案速度快？」

「妳也聽出來其中的不同了對吧。」

也就是說，考評不是看是否查明真相、查案是否公正，而是看數字？那麼，一個檢察官認真查案，花一個月公正地查明一個案件的事實，而且起訴或不起訴後的結果被維持了，成績卻不如在這個月內不論真相如何、快速結掉十個案件的檢察官……

不，即使是辦案維持率，草率結案的經辦十件中只要有兩件被維持，成績仍然比認真辦案所結的一件被維持率來得高啊……

什麼鬼啊！那當事人的權益呢？

見我臉色陰晴不定，白琳苦笑說：「不要覺得奇怪。以檢察官每個人手上所要處理的案件數量來說，一個月甚至可以高達百件，認真的人連晚上、假日都還要加班，所以也不能說結案快的就不認真吧。而且不用數字、難道要以檢察長的感覺來考評？若長官感覺某位檢察官的學識能力、道德操守、敬業精神和辦案品質都很良好，就給高分，恐怕也很難讓人接受吧。」

「拿自己的工作太重，當做犧牲當事人權益的藉口，這種話說給那些含冤受屈的人聽，是想討拍嗎？不荒謬嗎？」我氣得提高了音量，乍然和白琳一起望向病床上的文石。他吸均勻，幸好沒被吵醒。

「我最近經手一件，是兩個合夥人間的拆夥糾紛。合夥事業承包的工程由我的當事人每天日晒雨淋在外辛苦監工施作，對方則負責合夥內部的財務工作。殊不料對方巧立各種名目從合夥財產及營運資金中飽私囊，還藉口工程被業主驗收不通過、工程款被扣等等理由訛騙下游廠商。我當事人要求看帳，對方則拿出美化過的假帳搪塞，本來可以大賺的一場事業被對方掏空到虧損！我當事人氣到要求拆夥，對方則要求按出資比例分配工程尾款，但他侵吞造成的虧損則完全不想負擔。」

「糖吵著要吃、屎留給你擦的概念？」

「嗯嗯。他來諮詢，我告訴他可以告對方業務侵占及詐欺。但他擔心合夥糾紛會破壞商譽、影響自己往後承包政府工程的資格，寧願把時間花在做好工程，反正驗收後還有最大一筆尾款可領，也期待能好聚好散。想不到對方惡人先告狀，對我當事人先提出侵占告訴，說什麼驗收後工程尾款被我當事人領走不分給他。案子進了地檢署，原本受理偵辦的第一位檢察官，看過所有資料和傳訊下游廠商發查證後，發現受害者不只一人，警告對方說你不要利用法律，我會主動調查你有沒有侵占或偽造文書；對我當事人和廠商證人說，你們不要擔心，法律會保護善良的人。」

「這才像話吧。」

「但沒有想到，這個案子拖了幾個月後，換了一個承辦檢察官。這個檢察官很年輕，開庭前完全沒有看卷，連雙方的爭點都搞不清楚，劈頭就要我當事人認罪，說什麼認罪就聲請簡易判決處刑，以後都不必出庭，法官或許還可以給緩刑、不然就是要求跟和對方和解，說只要和解就給緩起訴。我當事人當場傻眼，只差沒哭出來。檢察官還不停逼問要不要認罪、要不要認罪。」

「這檢察官是得猴唷？」

「碰到這種狀況，人也在偵查庭裡的我當場說話就大聲了，和檢察官槓上。幸好這個檢察官沒有把我轟出去，不然我一定去投訴他。」

「就是欠投訴！」

「其實投訴對案情結果沒什麼幫助，最多換個檢察官辦而已，我們也擔心他的同事接手後會不會認為我們是刁民，開庭時客客氣氣、結案時找理由做出對我當事人不利的認定。」

「那後來？」

「退庭後，我打電話問了一些律師和書記官的同學，他們都說這個檢察官怪怪的。由於這個檢察官很年輕，我本以為他可能和對方律師熟識，想賣他一個人情，所以案情進展才會大逆轉。

但有個擔任檢察官的學姊分析給我聽，說可能是這個年輕檢察官怕考績不好，因為若不起訴結案，他怕告訴人提出再議，一旦再議成功，他的成績會被扣分；但如果起訴被告，又怕證據不足，如果被法院判無罪，成績一樣也要被扣分。」

「那幹嘛要叫當事人認罪？」

「反正這個案子很小，只要逼被告認罪或雙方和解，他不但可以賺到比較多的分數，而且以後麻煩也少。這時，我才如夢初醒，這個檢察官居然只是為了讓自己的考績好看，就要逼雙方和解，完全不顧司法的公平正義。」

「台灣真的快完了，不但景氣差，連檢察官也為了考績不問是非。」

「豈止是檢察官，只要是司法人員，都有這個問題。公務員嘛。」

忽然記起老爸說的：公務員只分兩種，想升官的和不想升官的。想升官的野心要大，辦案還會公正嗎？不想升官的要不自己搞副業、要不畏難怕事，能伸張什麼正義？

我長嘆了一聲。白琳扯扯嘴角，說：「講這些是要讓妳認清現實。現實並不是如我們唸書時想像的那般美好。」

「認清現實？聽得我是神智不清啊。」我又長嘆了一聲：「既若此，那文旦這般拚命是為哪樁？」

「他既認清了現實，也不放棄追根究底的信念，才是真正的法律人吧。」

第十三話

菸酒嗓的中年刑警探頭進來時，我跟白琳的話題剛好告一段落。

我瞄一眼他的證件。林則鈞。他拉了張隔壁病房的鐵椅過來，詢問文石的情況。我說醫師為了紓解腦壓用了降壓藥與鎮定劑，恐怕要明天才會醒過來。

他說晚上的事因為對方持鎗、屬於重大治安事件，上頭交辦要儘快偵辦。

他問事發經過。我簡要講了一遍。他很認真聽著，還打開筆電製作筆錄。

旁邊的白琳蹙起眉頭，趁空檔對我使了個眼色。

其實不用使眼色我也知道她要提醒什麼。我雖然年輕，對於別人的裝模作樣還是辨得出來的。畢竟若無這能力，如何勝任愛情專賣店的派遣員。

「妳說那些歹徒的目的是為了搶文律師的隨身碟？」他停下鍵盤上的手指。

「是。文律師被脅迫交出後，那群混蛋還對他拳打腳踢。我氣得都哭了。」

「就是剛才在現場被我們要回來那支？」

「是啊，你不是在場看到了嗎？」

「不是，我是問除了那支以外？」

「沒啊，我就只看到文律師交出被你拿回來的那支。」

「……這就奇怪了。」他手掌搓著臉頰，看來不太滿意這個結論。

「那裡邊一定有關於康美菊、莊啟揚涉嫌殺人的重要證據，不然對方不會不惜雇人把我們做掉也要奪取到手的嘛。我這樣推論有什麼不對嗎？」

他微怔，隨即正色道：「從動機來看當然是沒錯，這也是我們急著把他們緝捕到案的原因。只是，我意思是，文律師有沒有跟沈小姐說，除了這隨身碟外，還有沒有其他的證據是對方也想要搶走的？」

「我是發生今晚的事才知道對方要搶的是隨身碟，文律師事先沒跟我討論這案子的細節。是說，林警官，那隨身碟裡到底是什麼？」

他滿臉疑惑的表情，讓我憋笑憋得超辛苦。「那隨身碟裡只有一些書狀、法條、法院判例。看起來跟這個案子都沒關係哩。」

「奇怪了，都沒有一些特別的證據，例如拍到康美菊進出吉揚大樓的錄影檔或照片之類的？」

「只有幾張同一個女子的照片，可是……」

「拍到了喲？」我突然叫道：「是康美菊還是陳佳凝？」

「都、都不是。」他從口袋取出那支隨身碟，插進筆電插槽讓電腦跑了幾秒，滑鼠點選幾下，再將筆電螢幕轉向我們：「這個女的是誰？」

喵喵！

用手背撐著下巴、做出可愛的萌樣表情。雙臂伸直，裝出剛睡醒慵懶模樣。噘著水嫩的紅唇、單眼緊閉的揪咪特別清純討喜。連續幾張她的相片，看來不是從臉書就是ＩＧ上擷圖下來的吧。這個文旦對於喵喵是真的迷戀啊……

我討厭她。感覺很假。做作。「不認識。這你要問文律師。」

讓我看完筆錄，他說要去找影印機印出來讓我簽名。白琳望著他消失在走廊盡頭的背影，緊蹙眉頭問：「妳不覺得奇怪嗎，警方雖然當場嚇退了歹徒，就算一時人手不足，也應該立即呼叫警網支援追捕，怎麼會——」

「怎麼會不先抓人抓槍、卻先關心隨身碟的內容？」

「是啊是啊，妳也發現了？」

「我在車上就發現了。文旦要我注意，他發現那個姓林的刑警才上車就用小筆電看隨身碟裡的內容了。」

「什麼情況？」

「就像文旦說的，證據有時會自己找上門。」

我們起身。步出病房前瞅一眼文石；他還是沉睡中。

在走廊上的家屬等候區看了一下電視。林則鈞從自動滑開的電梯門後出來。我簽了筆錄。他又問了些問題。這些問題表面上是在查剛才的追殺案，實際上都是跟陳佳凝案的訴訟策略有關。

我都以不清楚、要問文石才知道搪塞掉。

「如果想起什麼，請立即跟我聯絡。」一起離開時在電梯裡他這樣說。

語氣裡聽得出來失望。

「一定。麻煩你了。」我一邊盯著簡訊一邊客氣地回答，然後在手機上快速回覆了幾個字。

林則鈞在一樓步出電梯，還回身向我們點頭致意。

電梯下到地下二樓，門開。邱品智、中年腹大叔刑警和另外兩位面色鐵青、身著長袖襯衫的年輕人一起進來。我按下文石病房所在的樓層燈。邱品智向我們介紹了彼此。

我和白琳交換眼色。六個人在電梯裡隨即陷入了沉默，空間裡只剩電梯馬達滑順的拉曳聲。

我們刻意放慢步伐經過護理站，值班的護理師愣怔於我們這陣仗。

邱品智對她們亮了一下證件，並比了個不要作聲的手勢。

我做了個暫停手勢，蹲在病房外把夾在自拍棒上的手機伸進病房牆角裡。

林則鈞應該是在電梯門關上後，隨即搭旁邊電梯又復返病房。

從手機畫面上看到文石還是睡在病床上。病床旁小儿下的櫃子裡有個袋子是我幫文石整理好的衣物，袋子被林則鈞仔細翻搜著，一堆奇奇怪怪的小東西被掏出來檢視，又被放回去。半晌，他將衣物塞入袋子丟進櫃裡，思索什麼，向四周瞧了瞧，見四下無人，悄悄從口袋裡取出什麼，往點滴瓶下方的接管……

「你在幹什麼！」邱品智和大叔刑警衝進去，大聲喝叱。

一陣混亂的拉扯與嘶吼後，林則鈞被壓制在牆戴上手銬。

一管針筒因為拉扯被摔在地上破裂，不明液體流淌而出。

「你到底在找什麼?說!」、「你要把什麼東西注進點滴瓶裏?」、「誰唆使你這麼做的?」不論再怎麼逼問，林則鈞始終閉緊了嘴。

「他要找陳佳凝生前拍下與丁博瀚的錄影檔。」這時身後傳來如鬼魅般聲音幽幽道。我們返頭，只見文石不知何時已撐坐病床，冷眼望著我們。

「我是在找他今晚被鎗擊的相關證據!」林則鈞大聲反駁。

「那找不到，為什麼要置我於死地?你該不會要說那管針裡是維他命吧。」

白琳迅速將破裂的針筒拾起來，放進向護士要來的夾鏈袋。裡頭的殘餘液體經由化驗也可知是否是毒物或危害性命的東西。林則鈞見狀開始目光閃爍，保持緘默。身著長袖襯衫的年輕人對他亮出證件:「我們是廉政署肅貪組調查官。林則鈞先生，你涉嫌違反貪污治罪條例，請跟我們回組裡配合調查。」

邱品智剛才在電梯裡介紹說，大叔刑警是他們市刑大的大隊長，兩位年輕人是專門找公務員麻煩的公務員。

聽到他們這樣說，林則鈞應該很後悔沒將跟蹤我時戴的那副墨鏡帶在身上，否則此刻可以用它遮住僵硬的表情，還能顯酷。

審判長宣布庭訊開始前，視線不由自主地瞥了文石兩次，看過報到單確認到庭關係人後，終於忍不住低聲問：「文律師，你還好吧？」

頭上裹著紗布，頸上架著項圈，臉色慘白嚇人，文石看起來很僵硬，讓人以為剛從戰場上逃回來。他僅微微頷首，並回給審判長感謝關心的眼神。

事實上要說從戰場上撿回一命，也沒錯。

曹玉涔聲請傳訊了兩位證人，證明康美菊在案發當天人在外地，有不在場證明。第一個證人是康美菊的司機陳火順，他信誓旦旦強調案發當天早上七點就從宅邸將康美菊載到市議會開會，直到下午五點康美菊才步出議會大門，前往一家名為漢萊的五星級飯店參加獅子會舉辦的餐會，席間多位政商名人出席敬酒暢談；七點半左右離席再轉往選區參加里長聯合座談會，直到九點多才返回宅邸。從出門到返家的交通都是由他駕車搭載，在飯店的晚宴他也有列席等等。

聽起來若不是真的，就是事先套好的說詞。但文石全程沒提出任何異議。

「我問完了。」曹玉涔引導陳火順暢快說完證詞後，滿意地回座。

「文律師請反詰問。」

審判長等了半分鐘，發現沒反應，轉頭望向文石：「文律師？」

「唔？那個……」文石身體顯然還未恢復，從失神狀態醒過來：「請問證人……陳火順先生，你擔任被告康女士的司機多久了？」

「從議長第一次當選市議員的第一天，就請我當司機。我到現在已經工作快十二年了。」

「你為她擔任司機，一個月薪資多少？」

「三萬五千元。」

「案發當天她給你多少加班費？」

「加班費？」陳火順愣在當下，猶豫了幾秒。「……不記得了。」

「她曾經給過你加班費嗎？」

「有啊、有啊。」

「如果你一天工作十四個小時，她會給你多少加班費？」

「蛤？什麼？」

「按照你剛才的說法，當天你從早上七點工作到晚上九點多，至少工作了十四個小時，扣掉你正常工時若以八小時計算，你總共加班了六小時，那你這六小時可領多少加班費？」

「呃……」陳火順佯作思考狀，眼珠卻偷偷轉向曹玉涔。

曹玉涔立即出聲：「異議！與本案欠缺關聯性的不當詰問！」

「駁回。證人必須回答。」審判長毫不客氣裁示。

「……忘記了。」

「你怎麼領薪水的？」

「會計小姐會轉帳。」

「那沒關係，不必回答了，我請法官去調你的帳戶出來看就知道了。你帳號設在哪家銀行？」

「喔，我記錯了，是領現金。」他這樣一說，曹玉涔的臉色瞬間變黑。

工作了快十二年，會記錯自己領薪水的方法？那有什麼理由認為對於案發當天的記憶一定正確？

「康美菊是一個對員工很壓榨、很苛刻的雇主吧，也就是俗稱的慣老闆？」

「不會呀，她對助理、會計和我都很好啊，很照顧我們的。」

「工作了超過十年，那不就有像家人那樣的感情了？」

「是啊是啊，她人真的很好，不可能會做違法的事情。」

「所以這次她請你出來作證，你就義不容辭答應了？」

「不是她請我作證，是我主動說要幫她作證的，因為覺得她被冤枉了，這麼好的一個議長怎麼可以這樣被人糟蹋——」

文石打斷開始滔滔不絕的陳火順，大聲說：「我問完了。」

上法院一般人避之唯恐不及，卻主動願意出來當證人？若非關係密切，何至於此。那麼這樣的證詞是否出於迴護、可信度如何，任誰心中都會打個大問號吧。

「辯護人，覆主詰問？」

「沒有。」曹玉涔如氣球般消風應道。

第二個證人丘郁盈是現任市議員，是康美菊的同事，也同為執政黨的一員。四十多歲的她一身套裝、俐落短髮，登上證人席落坐後，往文石身上刷一發輕蔑的眼刀，再扯了扯鄙視的嘴角。

曹玉涔請她回顧案發當晚參加里長聯合座談會的情形。從晚間七點半座談會開始、在座的里長有哪幾位、與會的議員有誰、討論了哪些選區內的建設、哪些項目有爭執、由哪位議員答應如何爭取經費……丘郁盈有條不紊，說得非常具體。

問題是，這些證述大部分與本案沒什麼關係。其間審判長瞥向文石幾次，文石微垂的雙眼盯著卷宗發直，都沒有提出異議，令人非常擔心他的身體是否隨時支撐不住。審判長望了正前方壁上的時鐘一眼，終於忍不住插嘴：「曹律師，請將詰問範圍集中在與本案待證事實有關的問題上。」

「是。」曹玉涔努力掩住讓法官看到證人記憶力超群的得意模樣。「當晚被告康美菊確實有出席？」

「如我剛才所說，她是列席的議員之一。」

「座談會何時結束？」

「預定九點結束，但是討論熱烈，所以延長至九點半才結束。」

「康美菊有提前離席？」

「沒有。她跟我一起在九點半會議結束後才離開會場。」

「妳說會場地點在里活動中心，地址還記得嗎？」

丘郁盈說了個地址。那地址在Ｋ城的市中心區。依法醫的證詞，陳佳凝是在晚間五點至九點間死亡，丘郁盈卻說康美菊七點半到九點半人在座談會，若康美菊在案發現場，時間就侷限在五點到七點半之間了。就算行兇後搭高鐵列車從台北趕回去參加座談會，加計途中遇到下班時間的尖峰車潮，也非常緊迫了。

不過曹玉涔向來以強勢辯護風格聞名，自然不甘於此。她再問：「所以當天妳與康美菊在一起的時間就是當晚七點半到九點半之間？」

「不止。五點在漢萊飯店的獅子會公益餐會，我和她都有參加。」

「妳有準時到？」

「餐會五點開始，我和康美菊都準時抵達，我們在門口報到處相遇的。」

哼哼。民意代表準時抵達餐會會場，不怕被選民誤會這般閒散沒行情嗎？

「文律師請反詰問。」

「證人，」文石抬起眼神，迎向丘郁盈不屑的目光。「妳擔任議員多久了？」

「連續三任，總共已十一年多。」

「唔。可以算資深的議員了吧？」

「不算，但有一定的資歷。」

「客氣了。議會開議，妳都會出席嗎？」

「異議！問題不明確。」曹玉涔一副絕對不容自己的友性證人被絲毫懷疑般，強勢提出異議。

「文律師，請修正問題。」

「是。請問證人，最近三個月，議會的每次開會，妳都沒有缺席？」

「我忠於選民託付，沒有一次缺席。」

「所以——」

「我可以告訴你，」丘郁盈打斷文石的詰問，非常自信地說：「除了有一次我生重病住院、還有三次出國以外，每次開會我都一定出席。我也許因為選民服務或公務行程耽誤無法準時出席，但只要輪到自己的質詢時間我絕不遲到。」

「是是是，您真是非常盡職呢。很抱歉，因為我目前不是住南部，不知道南部縣市的民意代表都如此盡職啊，令人佩服。」猶如被老師訓斥後的小學生般，文石唯唯諾諾起來。「而且從剛剛您的證詞聽來，您的記憶力真是非常厲害，連距離現在那久的事都能如數家珍，想必連任三屆的議員工作，讓您非常辛苦？」

「這只是擔任民意代表的基本條件而已，選民的陳情、議案的審查，記憶力不好怎麼行。」她睨了文石一眼，貌似文石所說是毫無營養的廢話。

「那您一定記得市議會議場有多少面國旗了？」

「蛤？」丘郁盈的表情好像嗑牛排吃到尾聲，才發現嘴裡嚼的居然是小卷。「誰會去記國旗幾面啊？」

「妳不是說開會從不缺席嗎，每次開會時不是都會面對主席台看到主席身後的國旗嗎？」

「可、可是——」

「異議！超出主詰問範圍的不當詰問！與本案無關的不當詰問！」

正要裁示，受命法官靠近說了什麼，審判長只得將麥克風移開，兩人低聲討論起來。須臾，審判長移回麥克風：「異議成立。」

「審判長，辯方剛才請證人展示了她的驚人記憶力，反詰問不過是彈劾——」

「本庭已注意到你的用意，但合議結果，你剛才的問題與本案比較沒有關聯性。」

文石摸摸鼻翼，另起爐灶：「請問證人，聽過楠相這家公司嗎？」

丘郁盈怔了幾秒：「好像有聽過。」

「好像聽過？妳不是有投資嗎？」

「沒有。」

「丘銘惠是誰？」

「……是我女兒。」這語氣裡，取代自信的是強作鎮定。

文石從卷宗裡翻出一張文件，遞給書記官，書記官轉交給審判長。「從經濟部調取的公司登記事項卡及股東名冊顯示，妳女兒丘銘惠是楠相公司的股東、出資額是所有股東中最少的，但，新台幣五千萬元？」

「異議！」曹玉涔是打算干擾到底了。「與本案欠缺關聯性的詰問！」

「楠相公司的問題涉及被告行凶的動機、在庭上的這位證人又是敵性證人，如果我證明了她與楠相公司關係密切，怎麼沒有關聯性？」文石搶在受命法官又要對審判長咬耳朵之前說明理由。審判長頓了三秒，沒理會受命法官要提出的意見就下裁決：「異議駁回。證人請回答。」

「唔？我不知道這件事。」

「妳不知道？」文石的視線轉向曹玉涔。曹玉涔繃著臉，也許腦袋裡正有高速運轉要如何處理這突發的一擊。文石又將視線轉回丘郁盈身上：「丘銘惠不是跟妳同住嗎？」

「同、同住也不一定知道她的投資理財呀。」

「投資理財？她從事什麼事業？」

「化妝品事業。」

「綜合妳剛才的說法，意思是妳雖然跟妳女兒住，但因她經營化妝品事業、妳平日忙於議員職務，所以不知道她有投資楠相公司？」

「……」丘郁盈沒有回答，應該正揣度這個問題背後的可怕目的，是不是自己能應付得了。文石見狀，仍然維持一貫軟性語調：「有說錯或誤會的地方，妳可以反駁或澄清沒關係。」

「也不是不知道，是曾聽她提過，但細節不清楚。」

「聽她提過投資楠相公司五千萬元擔任股東的事？」

「是。」

「妳女兒幾歲？」

「……」丘郁盈再度陷入沉默。

「妳女兒丘銘惠今年幾歲？」

「……二十多歲。」

「二十一？還是二十九？」

「……」

「妳的記憶力不是很不錯嗎，怎麼會連自己女兒的年紀都不清楚？」

「……」

「證人？」審判長沉著聲，冷冷地盯著她：「妳現在是在作證，有義務回答。」

「……二十一歲。」

文石立即接道：「依登記資料記載，她在五年前就入股楠相公司，投資金額五千萬元。也就是說，她十六歲就有能力成為楠相公司的股東？」此話一出，法庭裡立即引發一陣小小騷動。

審判長聞言，立即翻閱公司登記事項卡後附的股東資料，忍不住直接問：「妳剛才說妳女兒經營化妝品事業，是在哪家公司？」

「……那是我家的家族事業之一。」

「什麼職務？一個月薪水多少？」

「就……董事長特助。月薪八萬元。」

「董事長是妳？」

「是我先生。」

就算月薪超乎一般年輕人的八萬元，十六歲就有投資五千萬元的財力？若非理財天才少女，否則就只剩一種可能，拿出那五千萬元的不是丘銘惠，而是她有權有勢的富爸或富媽吧。

丘銘惠不過是人頭股東而已。

也就是說，丘郁盈自己與康美菊一樣，都與楠相公司的損益有著利害關係。

有了這層關係，再加上剛才她描述案發當晚不在場證明居然倒背如流，證詞可信度如何就不言自明了。

我瞄向曹玉涔，她鐵青著臉。坐在旁邊始終高傲冷眼、身著谷吉套裝的康美菊這時終於有了動靜，低頭靠近，不知對曹玉涔竊語了些什麼。

兩個敵性證人文石都應付的可圈可點，但……

康美菊如毒蛇般陰森凶狠的目光，實在讓人無法省心啊。

第十四話

曹玉涔原本要求傳喚公司的財務經理作證，企圖推翻文石提出楠相公司財報文件的證據能力。但審判長在前次開庭後，直接依職權向該公司函查。

「楠相公司回函表示，公司的電腦之前曾遭駭客入侵，可能有包括財務在內的資料遭竊取，是否駭客曾將所竊取的資料文件交付予他人使用無法確定，但不排除這個可能性；至於本院發函要求，若有文件遭竊請提供報案後警方交付的三聯單部分，楠相回函說當時因公司電腦沒有遭到破壞，無法確定有何文件遭竊，所以並未報案。」審判長請書記官提示文件；「雙方對此部分有何意見？」

「由此可知，自訴代理人是以駭客竊取的文件當做證物，屬非法證據，在本案不能當做不利於被告的證據。」曹玉涔閱覽後，立即大聲回道。

「既然這樣，妳還要本庭傳喚公司的財務經理嗎？」

「捨棄。」

「文律師？」

「可能包括？無法確定？也沒報案？從頭到尾都是不確定的回覆，如果財務報表如辯護人所說那麼重要，怎麼可能不報警。沒報警，恐怕只有一個可能，就是根本沒有文件失竊吧。或是，根本沒有被駭竊取文件這件事。」文石風清雲淡地表示。

審判長等書記官將雙方意見鍵入電腦筆錄後，點呼丁博瀚入庭。

梳著整齊的髮型，戴著金屬框眼鏡，長袖襯衫配深色領帶，單從高高帥帥的外表，任誰都會認為他是個規矩上班族。但細看閃亮的袖扣與高檔的金錶，又會覺得他應該是金融界的高級主管之流。唯一猜不透的是他在這個案件中的角色。

因為他的表情如此僵硬冷漠。

簽具結文後，審判長要曹玉涔先行主詰問。曹玉涔引導他說出與案子有關的事實：康美菊是他母親，案發當晚他並不在吉揚大樓，她不認識陳佳凝；他不知道陳佳凝在大樓跳樓自殺的經過，但他知道康美菊當天根本不在台北市，因為他在當晚五點至九點間，曾與康美菊有三次電話聯絡討論一些私事，當時康美菊人在南部，會認為她在南部的原因是在電話那端有聽到她司機陳火順跟別人交談聲音，另一通電話中康美菊自己有表示人正在參加里長聯合座談會。

曹玉涔向他確認當晚聯絡的電話號碼。

他說從自己手機顯示來電號碼，當晚母親是用她平日常用的手機。

曹玉涔提出兩份文件，是兩支手機的通聯與發話基地台紀錄。在案發當晚發話地點一支在台北市、一支確實在康美菊居住的K市。紀錄上確實有三次通聯與通話時間。

審判長過目後，將紀錄交給受命法官，同時請文石進行反詰問。

不知是否傷勢影響，文石臉色蒼白如紙，嘴唇全無血色。

主治醫師說他的腦傷與肋骨裂傷均未癒，堅絕反對出院；白琳與我力勸今天的出庭由白琳代打，因而與他爭執許久，他仍堅持自己出庭。

「今天是最重要的一戰，妳有把握讓丁博瀚說出事實嗎？」

「我一定盡力。」白琳拉著他整理出院衣物的手臂說。

「盡力不夠，是一定讓事實在法庭上呈現？」

「這……」白琳猶豫。丁博瀚不僅有檢察官的確定不起書處分護體，且我們手中並無直接證據證明他在場，憑心而論，沒有一個律師有把握吧。

我覺得這是強人所難，插嘴對文石說：「你也沒有絕對把握吧？」

「我有。」

「那你將方法告訴白律師，讓她代你出庭嘛。」

「我們已經死裡逃生過一次了，不能讓她再犯險。」

聽主治醫師說，開的藥可以暫時控制腦傷，但肋骨的傷就算吃了止痛藥，只要移動身體就仍會劇烈疼痛，藥效一過，更會痛到厭世。

瞄一眼法庭牆上的鐘。庭訊時間距離他早餐後服藥，已經超過三個小時了。瞅著他額上冒出的冷汗汗珠，我不禁在心底暗自祈禱……

畢竟，若非為了保護我，他也不會束手讓那群傢伙得逞。

「丁先生，」掏出手帕，文石快速抹了一下臉頰。「案發當晚你人在何處？」

「我約人六點在奇愛西餐廳吃晚餐，八點左右到超商買遊戲卡，後來又去買咖啡，最後回家。回到家已經是九點半左右了，一直在家，到第二天早上上班才出門。」

「約了誰？」

「陳佳凝。但是我被放鴿子，她一直沒來赴約。我在餐廳等到八點都沒見她出現，傳訊息她沒讀、打電話也沒接。」明顯知道文石這些問題的用意，丁博瀚以不起訴處分書認定的事實築起一道城牆，輕鬆應對。

「下午五點到六點，你人在何處？」

「公司五點下班。我先回家梳洗再赴約，所以應該是在返家路上、在家裏梳洗、在前往西餐廳的路上。」

「聽起來好像很合理。」文石瞄一眼放在面前的資料。「為什麼約陳佳凝？」

「我是在網路平台愛情專賣店登記的會員。她是提供服務的派遣員。會員可以付費買派遣員的陪伴時間。當天是約她出來吃飯。」

「第一次約？」

「之前約過幾次，覺得跟她聊天很愉快，所以不是第一次約。」

「原來的計畫是只約吃飯？」

「這個平台不提供性交易，所以——」

「我不是問你約她是否有意性交易，我是問晚餐後約會就結束了嗎，還是另有其他計畫，例如散步、逛街之類的？」

「是。如果感覺不錯，會逛街。之前也是這樣。」

「逛街的地點會經過吉揚大樓？」

「異議！詰問超出主詰問範圍。」曹玉涔只要稍見苗頭不對，一定異議干擾，也在提醒證人對方的問題朝不利於被告的方向走了。

「異議駁回。本庭希望知道證人與死者間的關係，以釐清為何雙方都爭執證人是否在場的真正目的。」審判長乾脆公開部分心證，看著曹玉涔嚴肅地說。

在審判長眼神示意下，丁博瀚堅定地回答：「不會。」

一顆豆大汗珠從額上淌下，文石的眼神卻極其銳利，掃了一眼丁博瀚的腳：「當天晚上你去西餐廳穿什麼鞋子？」

「異議！與本案無關聯的詰問、超出主詰問範圍的詰問。」

「駁回！」對於將剛才的曉諭當做放屁執意要異議的曹玉涔，審判長狠甩了她一記眼刀：「證人請回答。」

「應該是球鞋。」

「是球鞋嗎？和女生去高級西餐廳約會，卻是穿球鞋，不是很奇怪嗎？」

「我喜歡這樣打扮，不行嗎？」
「是喔。你今天穿的是皮鞋，感覺上很高級呢。我這裡呢，有一些關於鞋印的資料，是在哪裡呢……」文石翻著眼前的卷宗，又一顆豆大汗珠流下臉龐。
是在找那天在吉揚大樓9樓A室我所拍攝地上鞋印的錄影擷圖照片吧……
問題是，那天的鞋印不一定跟今天丁博瀚所穿的鞋子是同雙呀。而且，我們潛入被告私人居所偷拍的東西，應該不能拿出來當做證據吧。
文石似乎沒注意到這點，低著頭猛找……難道肋骨的疼痛已經讓他思緒混亂了嗎……我緊握的手心不禁溼透了。
這時丁博瀚忽然瞥了曹玉涔一眼。曹玉涔對接眼神後立即說：「異議！不當的誘導詰問！證人已經明確回答問題了，自訴代理人仍然重複詰問！」
「駁回！妳不知道反詰問必要時可以誘導詰問嗎？」審判長口氣變得嚴厲。
「辯護人看不出來剛才的詰問有什麼必要性！」
「本庭認為自訴代理人的誘導詰問很有必要！」
曹玉涔被審判長釘得滿臉通紅，一臉憤怨不滿。
丁博瀚見狀，臉色也出現變化。小心翼翼瞥了文石一眼。文石喃喃自語：「就是我有幾張鞋印的照片，上面幾個鞋印其中有一雙跟你今天腳上穿的皮鞋——」
「呃，也、也許我記錯了，那天應該是穿皮鞋沒錯。」丁博瀚不待文石說完，自己更正道。

「是皮鞋沒錯吧？所以你那天有去吉揚大樓？」文石停下手上的動作。

「沒呀。」

「我那幾張鞋印的照片，是在吉揚大樓9樓A室拍到的喔。」

「呃，可能時間有點久……我那天應該有去吉揚大樓，但……應該不是晚上，應該是中午……對，確定是中午。」

「中午是嗎？為何你中午會去那裡，不用上班嗎？」

「喔，是去午休。」

「午休的意思是什麼？」

「就是吃午飯、睡個午覺。吉揚大樓9樓A室是我媽在台北的居所。」

「你任職的公司中午休息時間是幾點到幾點？」

「十二點到一點。」

「據偵查卷內的資料，你的工作是電子工程師，任職的公司是在南港？」

「……是。」

「可是吉揚大樓在板橋區，對吧？」

「好像是。」

「那不是你母親在台北的居所嗎？還是招待所？」

「我不常去，所以不太清楚。」

「一個月去幾次？」

「不，一年才去一、兩次。」

「本案是在去年發生，去年你去過的次數？」

「應該只有一次……」原來的自信堅定已經不見，丁博瀚語氣裡滿是心虛。

彷彿變魔術般，文石到底是用什麼戲法讓丁博瀚一步一步走進自我卸下面具的境地啊。

午休時間只有一個小時，從南港跑到板橋再返回南港，還要吃午餐，就算路上不塞車，也已經非常趕了，那他的午覺才睡幾分鐘啊，有什麼必要非這麼做不可……如果去年只去9樓A室一次，那我拍下來的鞋印就一定是案發當天留下的了，而唯一去的一次卻發生陳佳凝墜樓，會不會太巧呢……

「證人，你這樣講合理嗎？那天真的是中午去吉揚大樓的嗎？」審判長應該有同樣的疑惑，她打斷詰問，把其中的不合理揭露。

曹玉涔企圖幫他說些什麼，立即被審判長揚手制止。

丁博瀚怔在當下，不知如何回應。審判長改變語氣，和緩地曉諭：「你有加害陳佳凝嗎？」

「沒有！」

「那就是跟你無關了，為什麼不說出實話？」

「我說的是實話。」

「是嗎？」審判長寒著臉將視線收回：「文律師請繼續。」

再次抹去額上的汗珠，文石也許是強忍著疼痛，深吸了口氣後才問：「你去吉揚大樓9樓A室，是在當天中午十二點到一點間，至於晚上五點到九點你則沒有再去，這一點，是你剛才說的沒錯吧？」

「是。」

「可是，有個叫喵喵的愛情專賣店派遣員提供給我的證據，證明你在當晚曾兩度前去吉揚大樓，也就是說，你剛才的記憶是否有誤？」

丁博瀚的臉色變得很難看。曹玉涔立刻出聲：「異議！要求證人評論他人的意見！」

「如果是問證人對於喵喵所提供的證據有何意見，那妳的異議就成立，但是他剛才的問法是為喚起證人記憶，本庭也認為這是必要的，所以異議駁回。」

「可是庭上，他所謂的證據到底是什麼？完全沒有事先提出，用這種突襲的方式詰問對我當事人不公——」

「他不是不能先用來詰問證人，再補行提出。如果他先行提出，考量被告與證人有母子關係的情形下，難免發生串證的嫌疑。」

「那我換個理由異議，我認為文律師手中根本沒有證據，如果有他早就提出來了，所以我認為他是用詐欺方法為不當詰問！」

「沒關係，庭上，曹律師既然對我的詰問這麼有意見，我願意修正我的問題。」

見文石先退讓，審判長揚揚眉：「他要改問題了，妳可以撤回異議了嗎？」

曹玉涔雖然不滿，但也只好同意。文石因而改問：「請問丁先生，你除了約陳佳凝外，是否還曾在愛情專賣店上約另一名暱稱為喵喵的派遣員？」

「……是。」丁博瀚放在大腿上的雙掌不自覺握緊。

「她曾告訴你，她是陳佳凝的閨蜜好友，對吧？」

丁博瀚不禁伸手解鬆了脖子上的領帶，鬢角淌出汗珠，僵硬表情顯現出內心不安，眼見曹玉涔似乎無法為他擋住文石的攻勢，像沉浮在大海中快溺斃的泳客舉目望不到浮木般恐懼。文石見他不作聲，再進一步：「是有什麼難言之隱嗎？因為講出事實會害到自己的母親，還是找不到其他更好的答案幫母親解套？」

「不、不是。」他乾咳了兩聲，硬著頭皮回答：「……是。」

「陳佳凝曾說若自己發生什麼意外，一定不是自殺。喵喵有跟你這樣說嗎？」

「我不記得了，時間太久了。」想起可以用記憶不清為理由，搪塞不利的問題，他貌似稍微鬆口氣道。但文石的下個問題又讓他緊繃起來：「愛情專賣店的派遣員擔心單獨與會員赴約會有危險，所以常會私下偷錄音或錄影，這情形，你知道吧？」

「蛤？這……我不知道。」

「喵喵不是有跟你說過，陳佳凝為了保護自己所以赴約有偷偷錄影的習慣，因為做派遣員有時會遇到變態的男人？」

「是有說過，但我不知道是否是真的……」

「喵喵有無跟你說過，陳佳凝手上有五個錄影檔，裡頭是五個可疑的男生？最後一個還是陳佳凝的自拍，解釋了為什麼她會懷疑那五個男生可能加害於她的理由？」

襯衫從領口溼到背脊，丁博瀚應該是百思不解為何喵喵與他的對話文石可以全然知悉，視線下意識往被告席上望了一眼。

康美菊好像要給他什麼暗示，被審判長制止：「被告席上的任何人現在跟證人的交談互動，都會被本庭認為是在串證！」，曹玉涔只得在桌下按住康美菊的手。

丁博瀚拳頭在大腿上搓著，陷入再不呼吸就將被大海溺死的強大壓力。

「證人，到底有沒有這回事？」審判長再問。

若說沒有，萬一文石下一步就從公事包裡拿出喵喵賣給他的檔案，還傳喚喵喵出庭作證，自己豈不是卡到偽證罪？他與喵喵約會時，這個姓文的律師彷彿就隱身在旁看戲般清楚全部經過，怎麼會有如此可怕的事……或是喵喵為了向文石推銷那些檔案，把與自己約會的經過一五一十全告訴文石了？但若說有，文石的下個問題是什麼，是導向自己在場、甚至就是自己將她推下樓？或是以什麼難測的問題證明母親與好友莊啟揚對陳佳凝下了毒手？到底該怎麼回答才好……

看他如此糾結的樣子，我在心裡揣測他的掙扎；想到他母親康美菊為了掩蓋真相，找人對于靖晴、對紫羅蘭、對文石和我下的狠手，心裡不禁暗爽。

也許是想好了如何應付，他終於挺直身子說：「有。」

文石左手悄悄撐住腰部，臉色愈加蒼白，再次快速抹去臉龐的汗水，繼續問：「案發當天你其實是與陳佳凝約在中午，先去吃了午餐，再帶她去逛街，買了她喜歡的包包送她，下午五點左右再帶她去吉揚大樓9樓A室，對吧？」

「沒、沒有這回事。」

「要證明這一點，我只需請警方提供你的車子在當天從公司到吉揚大樓沿線的監視器紀錄就可以了，你要否認，不過法院比較麻煩而已。」雖然唇色慘白，文石仍然彎彎嘴角，從案卷裡抽出一張放大的照片，遞交給法庭：「你送她的包包是這個牌子的吧？」

那是我在陳佳凝住處拍的精品包包。一整排收在衣櫃的上層。

丁博瀚接過後看了一眼：「不是。」

「有發現什麼嗎？」

「……我不懂你的意思。」

「同樣的牌子，每季都有新品推出，照片上的包包是這個牌子連續三季新推出的款式，以她的經濟能力，不可能——」

「也可能是別人送她的。」

「喵喵說陳佳凝在自拍的影片壓裡說，這些包包都是你送的？」

「那也不能證明我在那天中午就和她約會。」

文石再抽出一張文件呈遞給審判長，審判長從書記官手中接過一看，臉色鐵青交下讓丁博瀚過目。文石呼了口氣，看來拚命忍住胸骨被鋸子刮割感：「這是你的假單，在案發當天，你從中午就開始請了事假，對吧？」

「……」

「不覺得喵喵出來作證後，你剛才的證詞可能讓自己背負偽證罪嗎？」

他愣了半晌，終於說：「……這些包包確實是我送她的。」

「你帶她去9樓A室，也許你們在這個房間裡聊天、也許在幹些什麼別的事，以為可以享受獨處時光，」文石又遞呈一張那個衣櫥裡有男生衣物、只有一張單人床的小房間的照片。「沒想到這時外面突然傳來有人開門進屋的聲音。」

「……」丁博瀚迴避文石的視線，手居然微微顫抖起來。康美菊突然大聲斥罵文石：「為什麼他有我家裡的照片！誰准你偷跑進我家的？我要告他！我要告他私闖民宅罪！」

審判長也提高了音量：「肅靜！現在還沒讓妳表示意見！」

「這個小偷！這個混蛋！他一定是在野黨的人！故意用這種下三濫官司來打擊我的政治生命！」康美菊完全止不住的怒火，嚷罵不休。審判長聽到下三濫官司這個詞也惱惱起來，舉起面前的卷宗大力甩在桌上，發出巨響：「再擾亂法庭秩序我就叫法警帶妳到地下室去看管！」

曹玉涔見狀，用力按捺康美菊的手臂，在耳邊低語些什麼，才讓她的怒火暫歇。法庭裡的空氣因這陣騷亂僵硬半晌後，審判長恢復原本的沉穩：「文律師請繼續。」

「進屋的幾個人在外面客廳開始聊天，你聽出其中一個是你母親、一個是莊啟揚、另一個是參與圍標的業者代表，對吧？」

丁博瀚喉結滾了兩滾，努力說出：「……是。」

「你有出去跟他們打招呼嗎？」

「有。」

「但是被告康美菊找理由叫你先離開，所以你才開車在六點到奇愛西餐廳、八點出現在超商及星巴克這些有監視器的地方？」

「不、不是……是我帶陳佳凝一起去……不是，是我約她六點一起去西餐廳，但是她沒出現——」他開始語無倫次了。文石見狀加快了語調：「在這些地方的你內心惶恐，不知平日嚴厲權威的母親會對留在9樓A室的陳佳凝做什麼，實在放心不下，在八點四十分到四十五分左右返回吉揚大樓，在一樓大廳撞見正要離去的康美菊和莊啟揚，你氣急敗壞地詢問，因為太過激動，康美菊礙於大廳人來人往，拉著你進電梯回到9樓A室，你才得知她已經被莊啟揚從小房間拖到陽台推下偏僻隱蔽的中庭摔死了，事發經過是這樣，對吧？」

「……」

「我猜一開始你驚嚇與痛心，情緒失控，幾乎哭倒在地，但你母親就說一切是為你好，這種愛慕虛榮唯利是圖的什麼女孩不過是企圖攀個富二代，反正事已至此，要你好好配合日後如果警方查起來的說詞，反正她先把你支離，就已經為你設計了萬無一失的不在場證明？」

「……」

「你母親平日雖然對你嚴厲，但考慮到你是最後與陳佳凝接觸的人，倘若死因有疑，也是最可能被懷疑的對象，反正事難回頭，為免自己被遷累，同時為保母親不出事，你也只好被迫接受她被妳母親唆使莊啟揚殺害、還偽造遺書同時拿著她的包包放到天台製造自殺現場的事實，對嗎？」

丁博瀚決定最後一拼：「這都是你的想像，我母親有什麼理由要殺陳佳凝？」

「……因為9樓A室的隔音很差，她聽到了不該聽的祕密，」文石蹙緊了眉間，呼吸變得混濁，貌似非常痛苦，說話都出現了氣音：「有關楠相公司如何用圍標的方式取得造艦工程、如何向銀行詐貸資金再將資金挪移海外、藉此向政府要脅補助經費的事，不是嗎？」

「她只不過是賺鐘點費的派遣員而已，我怎麼可能會有什麼驚嚇痛心情緒失控的事。你這個律師不要亂說。」

「因為你本來就喜歡她！而在案發當天，你確定她對你也是真心的！」

「都是妳都是妳都是妳！都是妳！都是妳！都是妳！」丁博瀚突然大暴走，站起返身對著被告席暴哭大吼：「你們一直說一定沒問題，一定沒人知道，現在他什麼都知道了！都知道了呀！都知道了呀……嗚嗚嗚嗚嗚嗚……」

就在整個法庭裡都被他這突發的舉動嚇傻之際，砰的聲響乍現，文石終於支撐不住從座位上昏跌在地失去意識，又引爆了一陣混亂……

第十五話

削好了皮，我將圓潤光滑的梨子遞給上半身斜倚在病床上的文石。

怔怔地接著梨子，他訕訕道：「想不到妳的刀功了得。」

「感動吧，有正妹為你削水果，大概今生空前齁？」

他撓撓後腦，傻笑。

現在見他能笑了，懸著的心就放下了。想到他那天心跳停止從法庭裡被抬出來，在走廊上被人大力壓胸實施心肺復甦術，我在一旁都急哭了。

他被送上救護車後，幸好一起旁聽的白琳立即上場代打。

曹玉涔見苗頭不對，立即聲請傳喚喵喵出庭，打算利用詰問打擊我方的主張、削弱丁博瀚證詞的可信度。

審判長諭命曹玉涔五日內陳報喵喵的真實姓名、住址，以利寄發傳票。

曹玉涔應該是無法查知，五日後具狀要求法院發文調查愛情專賣店網站的幕後業者並命令業者提供派遣員個資。審判長透過電信警察調查後，警方回復稱網站已關閉，網址是設在俄羅斯，調查有困難。

從邱品智那兒早就得知網站關閉，天知道網站設計者還跟我約會過呢。因為雙方都沒有其他證據可再提出或要求調查，案子在昨天辯論終結。

辯論時雙方的重點都放在丁博瀚的證詞上。

白琳強調丁博瀚與被告二人有母子、好友關係，若非確有其事，衡情不會說出不利證詞；且從他原本極力隱瞞經過的態度，顯見原本有意幫助被告脫罪，更可證明最後逆轉吐實的可信度。

辯護人曹玉涔與陳利雄都拿無罪推定原則當擋箭牌，認為自訴人方面所提的證據是有如何如何的缺漏瑕疵，不足證明被告犯行存在。

至於丁博瀚最致命的證詞，陳利雄辯稱是受文石各種威逼誘導的詰問技巧，在壓力過大情形下的非理性反應，所言自與事實有所出入，不足採信。

曹玉涔則切割處理，說丁博瀚既然愛上陳佳凝，陳佳凝的死對他應該打擊很大，文石的詰問讓他一再回顧傷痛往事，對創傷壓力症候群的丁博瀚而言更是殘忍，此從他的證詞有多處前後不一的情形可知作證時思緒混亂，所以應該判斷哪些證言為真、哪些證言是受文石誤導，不利於被告的部分不應採信。

兩位辯護人狡辯的功力，真厲害。

講完辯論庭的情形後，我無法省心地問：「真相都已經揭露了，法院會判被告有罪吧？」

「是否判被告有罪決定權在法官，我最在意的還是事實真相。」

「是說，你到底有沒有拿到喵喵手中那些檔案？」

「沒有。」

「什麼？」我驚呆：「那你不怕曹玉涔或審判長要求你提出？」

「所以在被要求提出之前，我一定要讓丁博瀚說出事實經過。」

「這麼驚險？那萬一審判長要傳喵喵來對質呢？」

「如果丁博瀚死也不承認，我也只能當庭要求傳喚她來對質。」

「可是網站上又沒有她的真實姓名、住址，所以——咦，你意思是，這樣的說法只是對丁博瀚施壓的手法而已？」

他取出幾粒花生，配著梨子吃：「法庭上的攻防，有時候就是一場心理戰。」

怔望著他，覺得這傢伙未免太藝高膽大：「你、你怎麼知道他對陳佳凝動心？」

「妳覺得還有其他的可能性？」

「也許只是單純花錢買陪伴、也許只是虛榮心作祟……」

「也許是真心喜歡上她了？至少這種可能性是有的吧。」

「唔。無論如何，從結果來看，那個喵妹子這次倒是幫了不少忙嘛。喂，改天你跟她約會時，記得幫我引見一下。」

「約什麼會，嘍黑白供。」

「唉喲，你不要害羞嘛。溫柔、開朗、善良、傾聽？蠻適合娶來做媳婦的。」

「其實真的幫上忙的是于靖晴——」

「喔，忘了告訴你，她前天出院了。」我拿出手機，點開相片匣移到他面前。

相片裡的于靖晴坐在病床邊，稜角分明的臉頰略顯消瘦，與她媽媽、紫娟及我共同入鏡時笑得開朗，但眉宇間仍然顯露固執的個性。閒聊時提到陳佳凝案的開庭情形後，才換來這個難得笑靨，不然她總是心事重重的模樣。

「她是怎麼會找上你、給你有關楠相公司案的內幕資料？」

「第一次聯絡時說是要提供陳佳凝案的重要文件，問她為何會找上我，她說有人推薦說我可信，而且我們有共同的敵人，可以合作。」嗑完梨子用紙巾擦手，他倒了杯我幫他買來的汽水，配著花生一起吃。「原本以為推薦人是妳，可在紫羅蘭時發現妳根本不認識她。」

「我去探望時也問她怎會找上你。她笑笑沒回答，不知在神祕什麼。」

「妙了。」

這時有人敲門。是護士進來幫文石量血壓和體溫。

跟在護士後頭進來的是白琳。

護士檢查之後說都正常，還叨唸了幾句受傷還不知死活硬要工作，像這樣休養不是很快就恢復了嗎之類的話就去巡別的病房。

白琳和我都吐了口氣：「好嚴格的小護士啊。」

「剛才有個勁爆的即時新聞。我猜是你那個記者朋友的傑作。」白琳邊說邊拿起几上的遙控器打開牆上的電視，轉到新聞台。

楠相公司勾結官員圍標政府工程、施壓公營銀行放款，再將款項匯出國外、債留國內擺爛，並透過民意代表施壓逼迫有關部門從國庫拿錢善後的弊案，被某週刊踢爆引起軒然大波。報導內容引用知情人士的說法與提供的相關文件、錄音，指證歷歷。法務部面對反對黨國會議員的強硬質詢，發布新聞稿稱一定會由檢調單位依法究辦到底……

知情人士？唔，酷。

可是宣判那天，我的心情超差。

上網查詢判決結果，居然只有莊啟揚被判有罪，康美菊則無罪。

從座位上彈起，快步進文石的辦公室報告這個荒唐的判決結果。

手指在鍵盤上停了幾秒聽完我的話後，他只微微頷首：「知道了。」

「我們一定要上訴的吧？」

「那得看當事人是否對我們還有信心了。」

想到張玉娟失望怨忿的表情，我就涼了：「什麼判決，天理何在？」

手指還在鍵盤上彈跳，他只是抬起視線望向天：「祂沒說耶。」

「教唆殺人的人居然逃過一劫，陳佳凝何其無辜！」

「好啦，別氣了，這案子妳也出力不少，晚上請妳和白琳吃慰勞飯。」

噘著嘴回自己座位，想到那個陳佳凝按門鈴的夢，我在心底喃喃自語：我們盡力了，妳不服氣去找法官吧。

如果妳是想在愛情專賣店找到幸福，只能說，那常常只是一輛午夜前的南瓜馬車。午夜鐘聲響起後，一切就會回到殘酷暗黑的現實。

可嘆的是，妳不過在追求幸福的途中，無意間聽到暗黑罪行，卻因此斷送性命，成了無辜被害人。而那隻有尖牙利爪的老虎，卻選擇沉默裝睡。

因為沒什麼心情工作，不如早些去吃晚餐。

紫羅蘭客人還是那麼多，幸好有預訂，被工讀生美眉帶到安靜的角落位子。

我邊喝著開水邊滑手機，檢閱司法院官網上傳的判決書。

莊啟揚有罪的部分，法官採取自訴代理人的主張與證據；但康美菊無罪的部分，則採信辯護人的防禦主張，認為自訴人的舉證最多只能證明到莊啟揚下手推被害人墜樓的程度。康美菊的部分，因為共同被告否認犯罪，證人丁博瀚與被告間可能的緊張或親子衝突關係，在心理飽受壓力之下，所為的不利證詞，不能憑信為有教唆或協助莊啟揚犯罪的證據，因此法官諭判無罪……

所以呢，莊啟揚強拉著陳佳凝往陽台的時候，康美菊在幹嘛，禱告祈福？唸經超渡？什麼鬼理由，合議庭三個法官到底是在幹嘛啊……

「很氣齁？」驀然，一個身影在我正前面的座位出現。我聞聲抬頭……

倪可茉？

自從上次那樁車禍案後，就彷彿人間蒸發般，手機群組裡也不曾再出現她的訊息。我有些心寒，也賭氣不再聯絡。

「不要用那種眼神看我嘛。」她接過服務生遞來的開水，啜了一口。「怎麼樣，陳佳凝墜樓案，讓妳有什麼樣的感想？」

「那、那個沒具名的簡訊是妳傳給我的？」

她聳聳肩，秀氣清麗的臉頰綻出淺笑：「妳以為張玉娟真的是看了妳的書才來委任？妳以為于靖晴為什麼來找文律師？她那麼多內幕消息和資料哪來的？」

「都是妳？」

「都是我們。」

「你們……迦密山之火？」

「還是不覺得司法應該用非常手段改革嗎，經過這件墜樓案之後？」

「所以妳的目的是希望我們加入迦密山之火這個組織？」

「改革需要能力強、有良心、有正義感的法律人加入，那些傢伙才會儆醒。」

「那些傢伙？」

「手握公權力卻入人於罪、玩法弄權、徇私縱放，也包括尸位素餐的在位者。」

「我認同這個理念，但是，你們所用的方法……」

「那妳覺得多少無辜者被犧牲，司法才能真正被改革？政府高層只要換人，都會例行性的喊決心要司法改革，但不過開個大拜拜的司改會議就交代完畢，還是妳相信這種官樣口號？」

無辜者被犧牲……陳佳凝也加上去了嗎？

我的喉嚨苦澀：「這個案子我們上訴還有希望……」

「三天。」她在我面前比了三根手指：「我們掌握到的消息，三天內就會發布人事命令，康美菊即將被延攬擔任中央首長了。司法在她這種人眼中算什麼？家家酒吧。」

我的拳頭默默在桌下握得超用力，都溼透了，乾澀的嘴裡卻說不出任何話。

「想通的話跟我聯絡。」她從包包裡取出一張黑色名片放在桌上，推到我面前：「加入我們。最好帶文律師一起。」

悵望她離去的自信背影，思忖著她的話，我只能發呆，內心卻澎湃洶湧。

名片上只有「迦密山之火」五個字，和一組手機號碼。

背面用燙金字寫著：你若行得好，豈不蒙悅納？你若行得不好，罪就伏在門前。它必戀慕你，你卻要制伏它。

最終話

再回過神來，是有人用手在我眼前揮：「思春喲？」

我賞他一個白眼。「你才思春咧，你全家都思春啦。」

「會罵人了？那應該沒事了。」他對白琳說，然後向工讀生美眉招手要菜單。

「你才有事！你很有事！」我輕拍桌面：「我看你才對那個喵喵思春痴迷！」

「吃飯不提春夏秋冬。來，點餐。」

點完餐，白琳問：「妳好像悶悶不樂？」

我聳聳肩，不知從何說起。文石說：「她在為那件墜樓案抱不平而已。」

「喂，要不要聽內幕祕辛？」白琳神祕兮兮問。

「什麼、什麼？」有祕辛可聽，我眼睛不由得睜大。

「你們知道為什麼那件墜樓案，合議庭會做切割處理？」

「我等不及上餐了。」文石起身，居然逕自溜進廚房去找紫娟要食物。

他顯然不想聽這些八卦。我拉著白琳的袖子：「快說，我正氣得冒火呢。」

「先說定了，不准說出去喔。」白琳瞄了四周一眼，低聲說：「據說合議時審判長主張被告有罪，但受命與陪席都主張無罪；討論了很久，陪席終於被審判長說服，其中一個被告應該有罪，但仍堅持另一個無罪。最終因為主張康美菊有罪的只有審判長一票，所以宣判結果才會這樣。」

「怪了，很少有陪席會跟審判長唱反調的吧，為什麼呢？那個陪席從頭到尾沒講半句話的呀。」

她饒富興味地看我一眼：「妳說呢？」

想到幾分鐘前倪可茉說的話，我癱靠椅背上，氣到講不出話。心裡拚命想說服自己，這種後台消息多半是人云亦云而已，未必是真的，抬眼正想反駁，思及白琳許多的法院後台消息向來靈通，到嘴的話又止住。

白琳大概猜到我想說什麼，彎彎嘴角：「妳覺得這消息哪來的？」

「還不就是妳那些擔任書記官還是法官的同學傳出來的。」

她搖搖食指：「是審判長講給書記官聽的。而她知道書記官跟我一位也在刑庭當書記官的學姊很熟。」

「蛤？意思是？」

「審判長看不下去，用這樣的方式輾轉告訴我們，這案子一定要上訴。」

想到倪可茉那三根手指，我像枯萎的汽球趴在桌上：「……沒希望了。唉。」

文石端著一盤炸雞回到座位：「紫娟招待。快趁熱吃。」

我們一面吃雞，一面聊著這個案子的經過。一會兒服務生端上沙拉和麵包，白琳值此空檔忽然問：「老是聽你們說那個喵喵，到底什麼來歷？」

我拿起叉子戳向盤裡的生菜沙拉：「也是愛情專店的派遣員。不過她愛錢又不講義氣。」

「說得好像跟她很熟夠。」文石把橙汁醬全倒在盤裡：「妳跟她說過話呀？」

「是也沒有，但聽過她跟丁博瀚說話。長得可愛，聲音嬌甜嬌甜，狐妹子一枚。」

「聲音嬌甜就是狐妹子？不可以貌取人啊。」他加了些自帶的花生在生菜上，津津有味地嚼了起來。

我翻白眼，用叉子輕敲盤邊：「還幫她說話。妳看他啦！被迷得咧。」

白琳笑笑：「我只是覺得為什麼她的車子剛好跟文石的小白同款，又剛好出現，幫文石擋掉調查局和警方的追蹤？」

「是不是，人家好歹也幫過我一回，不要在背後議論人家。」

「我沒幫嗎？你就感謝她不感謝我？」

「現在不是在請妳吃飯了嗎。」

「不是，你們沒聽懂我的問題。」白琳打斷我們拌嘴：「那次是文石請喵喵協助，開著同款的白色車子，在甩掉跟蹤的途中來一招偷龍轉鳳，是嗎？」

文石低著頭專心吃沙拉沒回應。我不解：「是又怎樣？」

「如果是這樣，那喵喵還蠻厲害的，與文石也配合得很好啊。」
「給錢不就配合了嗎。這就是派遣員的工作。」
「什麼給錢就配合，那次根本不用花錢！不要什麼都想得那麼暗黑嘛。」文石瞅我一眼反駁道。我睜圓了眼：「唷？她居然沒報酬就肯接應你？難道也對會員的你動了真情？」
紫娟親自端來餐點，笑嘻嘻問：「哪個女孩子對文律師動情了？」
「妳別聽她胡說八道，她就愛鬧。我這個助理就是沒大沒小。」
我才不理他，拿出手機找出那天在餐廳拍的相片：「妳們看妳們看，就是她！」
「哇！好漂亮！」、「很可愛呀！跟文律師很配耶。」、「化粧技巧好而已吧。」
文石貌似對於三個女生的八卦不屑，端起自己的餐點就往廚房走：「無聊。」
她們還對著相片繼續品頭論足。我卻忽然察覺有異。
他起身前最後的眼神……有嘲笑的味道。
他從來不會笑女生聊八卦……所以不是嘲笑我們。
他是笑我……笑我什麼？
偷龍轉鳳，喵喵跟他配合得很好……
我倏地站起身，不顧白琳在後頭大聲喚道「鈴芝妳去哪」就往外衝。
衝到停車場找到小白，用備份鑰匙打開後車廂，打開他的百寶箱猛翻……

粉色雕花蕾絲袖領綁帶雪紡上衣、收腰傘擺修身長裙、藍色魚口藤編楔型涼鞋、藍色髮帶、藍色指甲油、彩妝盒與修容組……還有一頂烏黑亮麗的長假髮！

怎麼可能！怎麼可能！怎麼可能！怎麼可能！怎麼可能！

喵喵！

（全文完）

【後記】

播輕音樂。客人稀寥。「嫌犯密室BAR」的氛圍還是很佛系。

調酒師將一杯視覺可口的白色佳人放在我面前時，白琳正好推門進來。

我向她招了招手。

「在看什麼？」她入座，見我手機上的頁面，好奇地問。

「搜尋網路上的文章，看看讀者們的心得。」

她望著杯檯上方的品項價目牌，點了杯調酒。「他們覺得妳的書怎麼樣？」

「很多好評唷。」我啜了口酒，讓冰涼的液體滑進咽喉。「不過呢，有人不太滿意故事中關於文石的記錄。」

「他那麼玩命，還不滿意？」

「不是他的表現。」我在手機上快速點選了一下。「像這位讀者，看完上次那個探訪大鬼湖的登山事件，認為有些事情沒說清楚。」

「什麼事情？」

「應該是有關文石的過去。像是文雁所說的事，還有那個神祕的藍色信封。」

「這樣啊。那妳為什麼沒有一次交代清楚呢？」

「篇幅的關係呀。不過那些事我日後一定會查清楚，再在故事裡交代的。」

她端起調酒師送上來的柯夢波丹，啜了一口：「喔，好喝啊。」

「其實有些事我自己都還不知全貌，怎麼說清楚呢。」

「比如說？」

「像是為什麼我那麼眼拙，好幾次都沒認出眼前的人就是他。」

「唔。不過那個喵喵的照片，經過修圖美肌，換作任何人恐怕都──」

「不是照片，我說的是他本人站面前也沒認出來。我太遜了啦。」

「也不能這樣說，畢竟變得太多太大。他的化裝易容術哪學的？」

「上次那個〈可愛的畢馬龍〉事件裡，可以看得出來他確實學過。」

托著下巴偏著頭，她思索了一下：「單從外表來看，確實已達到判若兩人的程度。」

「所以不能怪我認不出來吧。」氣自己被矇了好幾次，我提高了聲調：「最可惡的就是，他連聲音都變了！喂，低沉的男聲變成清脆悅耳的女聲，這叫我如何辨認？簡直就是妖怪化身嘛！」

在吧檯後方擦著杯子的調酒師不自覺放慢動作，瞥了我一眼。

「唔，他是用什麼方法的呢……」

「從來沒見他的脖子上繫著個紅色領結啊！」

「變聲器？那種東西……有點瞎。」

「今天約妳來就是想問問，妳覺得他的聲帶是怎麼回事？」

「呃……」白琳輕撫前額，似乎有些苦惱：「唔……那我找黎晏昕來台北，他是我大學同學。記得他曾講過一個有關文石卡到陰的事件，不知能不能提供一些什麼線索。」

「卡到陰？這麼精彩！」我睜圓了眼，胸口一熱。「但是這跟文石變貓有什麼關係？」

「妳沒看過大法師或惡靈上身之類的恐怖片嗎？那些被上身的人容貌、聲音都會變成另一個人！」

「喔……」

把文石變貓與鬼上身等同視之？好像有點缺德……

我們對看一眼，不約而同噗哧笑出聲來。

笑了一會兒，我止住，並拭去眼角的淚水：「文旦精得跟鬼一樣，又被鬼上身，那豈不是——」

「鬼打架？」

我們又爆笑起來。惹得調酒師又投來好奇的一瞅。

這時有其他客人進來，也選擇吧檯的位子，我們才正色收斂。

「不過，一定要請妳那個同學來講一下文石鬼上身的事件，我很有興趣。」

「畢業後他就到南部去了，而且上次同學會他也沒來。唔，我來約約看。」

「請務必幫我約到，我的讀者應該會很期待他提供的事件。」
「那這次的愛情專賣店事件，妳寫好了？」
「寫好了呀。而且這次編輯還請到既晴老師來幫我寫導讀推薦哩。」
「既晴？就是作品改編為電視劇的那個推理小說作家？」
「《城境之雨》裡同名短篇作品〈沉默之槍〉！臺灣推理小說作品首次的影視改編。妳看了嗎？」
「我連小說都買了！很不錯看啊。唷，他推薦妳的作品？」
「人家是大師級的作家了，還得過獎。不像我寫著玩的。」
「那個男星把張鈞見演得很帥耶。喂，換成是妳的作品，妳覺得誰來飾演小石比較適合？」
「我想不到，也不敢想。文石忽而人類忽而獸類，不要把我的作品改編成奇幻劇就好。」
「噗！」
「哈哈哈哈……」我們這回不顧旁人的側目，趴在吧檯上笑彎了腰。
要是早知道幾個月後，會聽到白琳的同學黎晏昕所說的靈異事件，現在的我們才不敢如此放肆的笑。
因為那個事件實在令人頭皮發麻、腳底發冷，還笑得出來才真的有鬼。

要推理94　PG2637

要有光
FIAT LUX

午夜前的南瓜馬車

作　　者　牧　童
責任編輯　喬齊安
圖文排版　陳彥妏
封面設計　王嵩賀

出版策劃　要有光
發 行 人　宋政坤
法律顧問　毛國樑　律師
印製發行　秀威資訊科技股份有限公司
114台北市內湖區瑞光路76巷65號1樓
電話：+886-2-2796-3638　傳真：+886-2-2796-1377
http://www.showwe.com.tw
劃撥帳號　19563868　戶名：秀威資訊科技股份有限公司
讀者服務信箱：service@showwe.com.tw
展售門市　國家書店（松江門市）
104台北市中山區松江路209號1樓
電話：+886-2-2518-0207　傳真：+886-2-2518-0778
網路訂購　秀威網路書店：https://store.showwe.tw
國家網路書店：https://www.govbooks.com.tw
總 經 銷　聯合發行股份有限公司
231新北市新店區寶橋路235巷6弄6號4F
電話：+886-2-2917-8022　傳真：+886-2-2915-6275

出版日期　2021年11月　BOD一版
定　　價　320元

讀者回函卡

Printed in Taiwan

國家圖書館出版品預行編目

午夜前的南瓜馬車/牧童著. -- 一版. -- 臺北
市 : 要有光, 2021.11
面； 公分. -- (要推理 ; 94)
BOD版
ISBN 978-626-7058-08-4(平裝)

863.57 110017146